5分
シリーズ

エブリスタ 編

5分後に戦《せん》慄《りつ》のラスト

Hand picked 5 minute short,
Literary gems to move and inspire you

河出書房新社

目次

Contents

［カバーイラスト］高木正文

エブリスタ × 河出書房新社

［ 5分後に戦慄のラスト ］

Hand picked 5 minute short,
Literary gems to move and inspire you

隙間

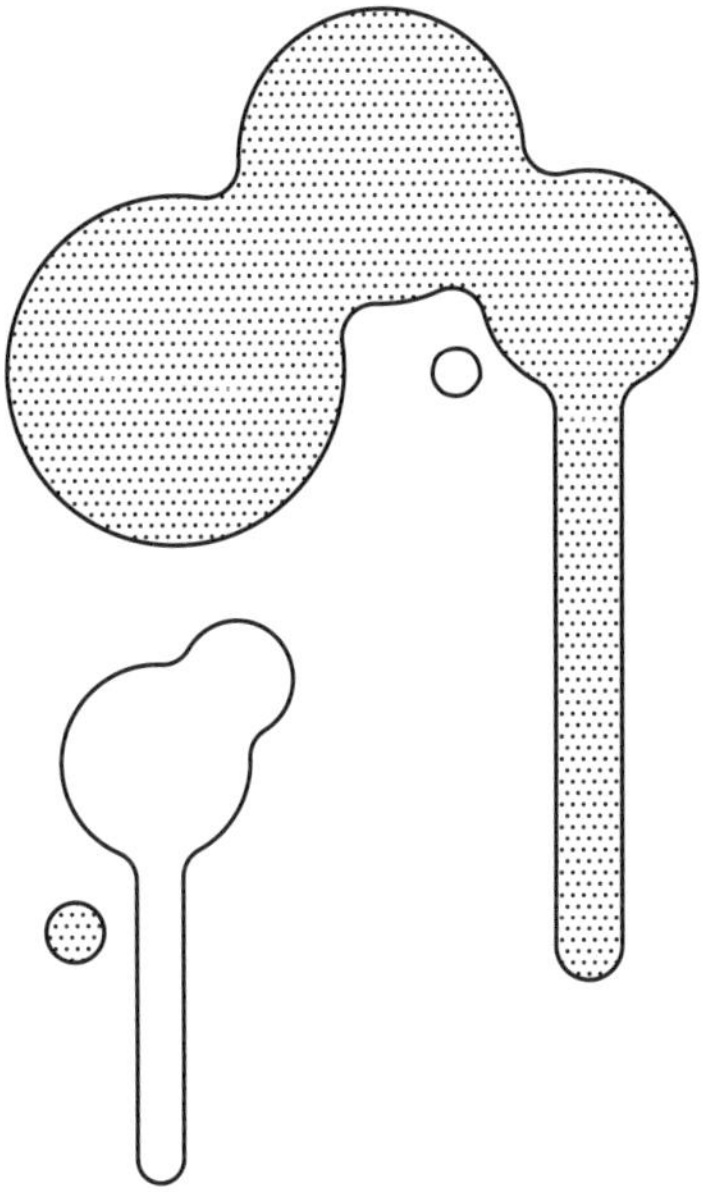

快紗瑠

あの時を思い返すと、僕《ぼく》は僕の意思で行動したわけではないような気がする。

僕が通っている学校には二つの校舎がある。

新校舎と旧校舎。

そこそこ新しい建物と、古びた建物の間には、五センチくらいの不自然な隙間《すきま》があるんだ。

僕らの手だけが入るくらいの、小さな子供の体だって絶対に入れない狭《せま》い隙間。

単なる増築であるのならば、新校舎と旧校舎を屋内で行き来できるよう、通路を造ったり、渡《わた》り廊《ろう》下《か》を造ったりするだろう？

逆に、老朽《ろうきゅう》化によって、新校舎を建てなければならないという理由であれば、旧校舎を壊《こわ》して、全てを新しくするか……。

でも、うちの学校はそれらをせず、旧校舎の数センチ横に新校舎を建てた。

勿論《もちろん》、中で繫《つな》がっているわけではないから、新校舎から旧校舎へ、旧校舎から新校舎へ行くには、一旦《いったん》、外に出なくてはならない。

だからこそ、余計に気になる。

たった数センチの僅《わず》かな隙間が。

僕の性格は基本、大雑把《おおざっぱ》で、来る者拒《こば》まず去る者追わず、執着心《しゅうちゃくしん》の欠片《かけら》もない。

それなのに、この隙間だけはやけに気になる。

その気持ちは、日々、次第に膨《ふく》れ上がり、授業中も友人と遊んでいる最中も、隙間が頭を過《よ》ぎり、終いには夢にまで現れるようになった。

ここまで僕が一つのことに執着するなんてことは、未だかつてない。

気になれば……見るしかない。

人間というのは、一度湧《わ》き上がった欲求には勝てないものだ。


ある日の放課後、僕は吸い寄せられるかのように、いつの間にか、件《くだん》の隙間の前まで来ていた。

真正面に立つと、真っ暗な闇《やみ》が奥《おく》へと続いており、その先には、この世とは違《ちが》う世界が広がっているのではないかと、錯覚《さっかく》を起こさせる。
まぁ、実際に校舎裏に行って確認をしてみれば、こちらと同じように、隙間がぽっかりと口を開けて待っているだけなのだが、その時の僕には、目の前にある先の見えない細い『魔《ま》の入口』は、「ほら、覗《のぞ》いてごらんよ」と誘《さそ》っているようにしか見えなかった。

左手は新校舎、右手は旧校舎に掌《てのひら》をつけて、徐々《じょじょ》に顔を近づける。
右目で隙間を覗くように、新校舎と旧校舎の壁《かべ》にゆっくりと顔を押《お》し付けると、その暗い隙間から何かが飛び出した。

ビュッ！

咄嗟《とっさ》に隙間から目を外すと、そこから飛び出して来たのは、目を疑うモノ。

カチャカチャカチャカチャカチャカチャカチャ……


白く細い、骨ばった手。

長く尖《とが》った真っ赤な爪《つめ》。

それが隙間から飛び出し、獲物《えもの》を捕《と》らえられなかったイラつきからか、カチャカチャカチャカチャカチャカチャカチャ……と、五本の指をバラバラに動かし、長い爪を鳴らし続けていた。

真っ赤な爪。

よく見れば、それはマニキュアではない。

指先も赤く染まっている。

僕の脳内では、一つの言葉が響《ひび》いた。

〝血染めだ〟

この白い手は、こうやって隙間に興味を持つ人間をひたすら待ち、覗いた瞬間《しゅんかん》に、その長い爪で獲物の目を抉《えぐ》っているんだ。

彼女《かのじょ》の爪の色の謎が解けた時、背中に冷たいものが流れた。

その場で腰《こし》を抜《ぬ》かしたままの格好で、その手が届かない程度離《はな》れた位置から、目を凝《こ》らして隙間を見た。

そこには、絶対に人なんて入れない筈《はず》なのに……。

五センチなんていう隙間に人がいるなんてこと、絶対に常識では考えられないのに……。

長い髪《かみ》の女の人が、言葉では言い表せないくらい有り得ない格好をし、今の僕と同じ目の高さで、目を合わせてきた。

手は相変わらず、僕が立っていた時の目の高さの位置で指をバラバラに動かし、

カチャカチャカチャカチャカチャカチャカチャ……

と気味の悪い音を立てている。

ガタガタ震《ふる》えだす足がいうことをきかないので、僕は座ったまんまの格好で、後ろへ後ろへと、後ろ手に這《は》うようにして距離《きより》を取ると、その……そこにあってはならない〝顔〟が呟《つぶや》いた。

「あと少しだったのに……」

恨《うら》めしそうな目で睨《にら》んだかと思えば、ピュッと姿を消した。

それが、僕が初めて経験した恐怖《きょうふ》体験だ。
あの隙間に一体何があるのか？
一体何が棲《す》んでいるのか？
未だにわからないが、その一件から僕は隙間覗きが止められなくなってしまった。
あんな怖い目にあったらトラウマになって、隙間が怖《こわ》くなるだろうって？
いやいやいや。

それがそうでもないんだよ。

簞笥《たんす》と壁との間。
床《ゆか》とベッドの下との間。
物と物との間。
とにかく【隙間】を覗くのが大好きになってしまった。
そこには大抵《たいてい》、埃《ほこり》、ゴミ、虫の死骸《しがい》くらいしかないのだけれど、時々……いるんだ。

何がだって？
それは……ふふふ。
聞きたいかい？
それはね、魑魅魍魎《ちみもうりょう》の類《たぐい》であったり、未確認生物であったり、通常では絶対に見られないものだよ！

勿論、毎回いるわけじゃないさ。

殆《ほとん》どが、さっきも言った通り、埃やゴミ、虫の死骸くらいしかない。


でもね。

たま〜に。

本当にごくたまに。

小さなオッチャンがいたり、変な緑色した虫のような動物のような……。

とにかく変な形をした物が、時には寝《ね》ていたり、時には虫の死骸を運んでいたり（食糧《しょくりょう》？）しているんだ。

いや！

本当さ！

疑うのなら、君も覗いてみるがいいよ。

何十回に一度くらいの割合だけど、見ることができるから！

でもね。

この【隙間】覗き。

ここまで僕の話を聞いた君ならば、もう分かっているよね?

物凄《すご》く、『危険な遊び』だっていうことをさ。

それでも、僕は止められないんだよ。

もしかしたら、あの『スリル』が快感なのかもしれない。

あの『恐怖』が忘れられないのかもしれない。

あぁ、そう考えると、全てに合点がいく。

僕はあの時から、きっと隙間女に魅入《みい》られてしまったのかもしれないね。

［ 5分後に戦慄のラスト ］

Hand picked 5 minute short,
Literary gems to move and inspire you

コタエアワセ

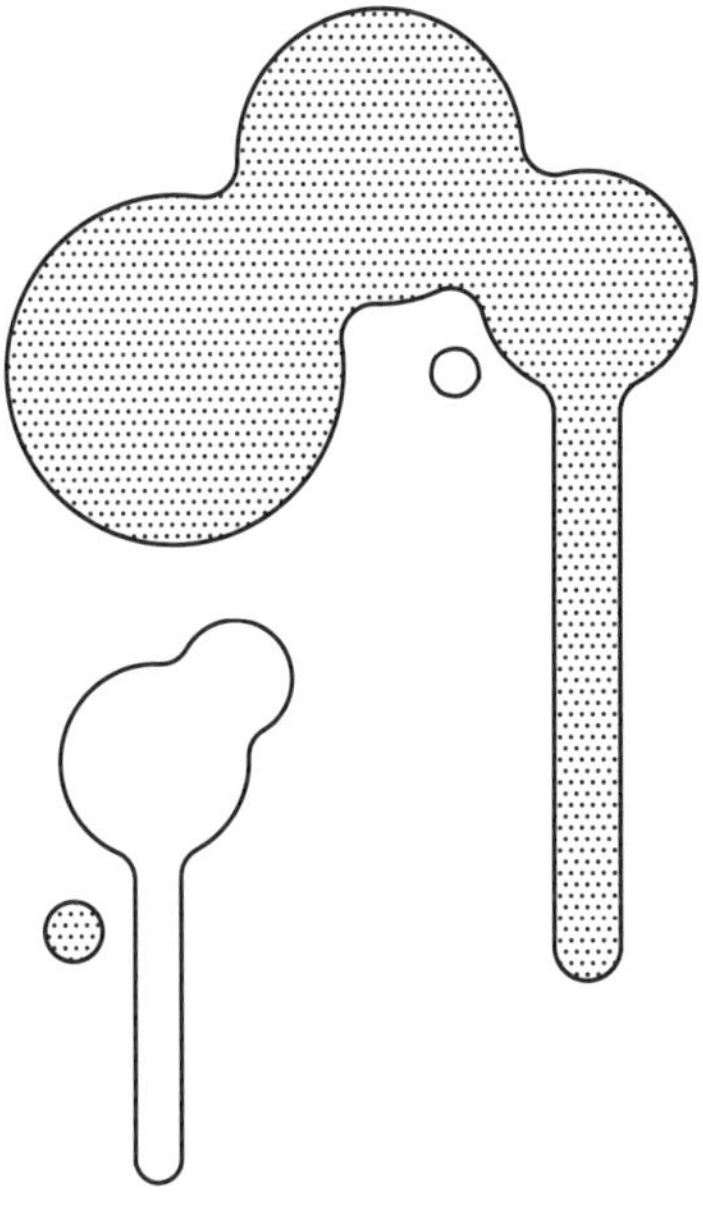

羽央えり

七歳《さい》の頃《ころ》、「世界はどこまで広がってるんだろう?」なんてことを良く考えていた。住んでる家のベランダから町の景色を見下ろして、目に映るビル群が途切《とぎ》れた向こうの微《かす》かに見える山のさらに向こうに、本当に「世界」は広がっているのだろうか? 実は真っ白い空間でしかないんじゃないだろうか? とか。

あるいは、そもそもこの「地球」というもの自体が、何か大いなるものの手によって作り上げられた観察対象か、たまたま採取された生き物にしか過ぎなくて、宇宙なんてものは小さな箱でしかないんじゃないだろうか? とか。

はたまた、私が生きてるこの世界っていうのは、どう考えても現実世界にしか見えないし、実際私自身もそう感じているけれど、実のところは、かの有名な小説みたいに誰《だれ》かが創作した「物語」の中にすぎないんじゃないか。とか。

この世界は私が生きるために誰かがわざわざ用意した世界で、私が動く半径何キロメートルっていう空間だけが構築されているわけで、本当は北海道も沖縄《おきなわ》もアメリカもフランスもなくって、いざ私がそこに行くときにだけ、その場所というものが出現するんじゃないだろうか。とか……。

とにかく、自分が「ここに存在している」っていう確実な証拠《しょうこ》が欲しかったのか何なのか……私はそんなことばっかり考えていたように思う。


だから、母などは私の質問にいつも困った顔をした。


「ねぇ、宇宙ってどこまで広がってるの?」

「本当は神様が見てるの?」

「あの山の向こうって、ちゃんと世界が続いてるの?」

「人間って何なの? 本当は神様のおもちゃか、人形なんじゃない?」

「それともロボットだったりして! 私もママも、本当は誰かが自由に動かせる機械仕掛《じか》けのネジまきロボットなんじゃない?」

私がそれらを口にするたび、「アンタは変なことばっかり考えて、将来が心配だよ」と渋《しぶ》い顔をされたものだ。

ある日のこと、学校から帰ってきた私は母の用意してくれたおやつを頬張《ほおば》りながら、やっぱり不思議なことばっかり考えていた。

どうして人間ってものが生まれたんだろ？

人間だけが、あれこれ考えるなんてどう考えても変。

猫《ねこ》も犬も牛も鳥も、動物や植物はただただそこで生きているだけなのに、なんで人間は生まれてから死ぬまでに勉強したり友達を作ったり泣いたり笑ったり悩《なや》んだりするんだろ。

本当は誰かが見てるんじゃないかな？

「ほうら人間って生物はバカなことばっかりしてる」って、笑って観察してるんじゃないかな？

もしかしたら、私たちは本当はオモチャだったりしないのかな？

クルクルってネジを回されて、その間だけ動いてるのに、気づいてないだけなんじゃないかな？

ママの背中のどこかに、ネジが隠《かく》れてるんじゃないかな?

私の背中のどこかにネジが隠れてるんじゃないかな?


良く晴れた午後に、友達と出かけもせずに部屋にこもって、じっと己の考えに没《ぼっ》頭《とう》している私を、やっぱり母は困った顔をして見ていた。

「マコちゃん、お外にでも行って来たら?」

「んーん。マコは今考えてるの」

「何を?」

「ママが本当にママなのかどうか」

ちょっと変わった子供のただの戯言《ざれごと》だと、母は受け取っていると思っていた。この言葉が、どれほど母を傷つけたのか、「私」という人間を不気味に映してしまっていたのか、当時の私は子供すぎて気づくことはなかった。

「勝手にしなさい!」

いつもよりも強い口調で言い放った母が自室にこもってしまった理由も、私は知る由《よし》もなかったのだ。

「変なママ」

そのまま気にも留めずに、思考に浸《ひた》り続けて数時間が経ち、ベランダに干し出された洗濯物《せんたくもの》が一斉《いっせい》にオレンジ色に染まり始めた頃、私はふと——異変に気付いた。


いくらなんでも、こんな時間になってまで部屋から出て来ないなんて変。

そんなに怒《おこ》ってるのかな？

もう変なこと言わないからって、ごめんなさいしたほうがいいかな。

さすがに不安になって、私は母のいる部屋をノックした。

「ママ……？　ごめんなさい」

しかし返事はない。やはり、相当怒っているのかもしれない。

普段《ふだん》から、私が妙《みょう》なことばかりを考えて口にするのを快く思っていなかった母である。いい加減、愛想を尽《つ》かされてしまっても無理はないのかもしれない。

そう思うと、急激に寂《さみ》しさに襲《おそ》われて。

「ママァ！　怒んないでよぉ！」

ぐずぐずと半ベソをかきながら、私は母の部屋へと押《お》し入った。

そこにはベッドに横たわる母がいた。扉《とびら》に背中を向けるように、横向きになっている。微かに肩《かた》が上下している様子から、眠《ねむ》っていることは明らかだった。

ちょっと部屋で休むつもりが、そのまま寝《ね》入ってしまったのかもしれない。

ホッとしたのと、未だ残っている寂しさとで、母を揺《ゆ》り起こそうとした時だった。

私は目の端《はし》に、おかしな突起物《とっきぶつ》を捉《とら》えたのだ。


それは、ブリキのオモチャのネジまきのネジそのもの。何度も何度も頭の中で空想した、ネジそのものだった。

触《さわ》ってはいけないような気は、した。

だけど、気になって仕方がなかった。それを回したら、一体どうなるのだろうかと。母に何が起こるのだろうかと。

もしかしたら、自分にずっと問い続けていたナゾの答えが見つかるのかもしれない。

そう思ったら、思ったら、七歳の子供だった私には、とうてい自分を抑《おさ》えることなんかできなくて。

キリキリキリキリ――……キリキリキリキリ――……ガキンッ!!

目《め》一杯《いっぱい》、巻きすぎたネジは不可解な音を鳴らして、それ以上は巻けなくなってしまった。それと同時に、規則的に上下していた母の肩はピクリとも動かなくなってしまったのだった。

「……ママ? ママ、起きて」

なんだか嫌《いや》な感じがして、何度も母の背中を揺すったけれど起きる気配は感じられない。とてつもなくマズいことをしたのではないだろうかと気づいて、私はたちまちパニックを起こした。

「ママ! ママッ!! 起きてよ!」

しゃくり上げながら泣いたせいで呼吸は苦しくて、視界は涙《なみだ》でぼやけまくっていた。自分のせいで、このまま母が死んでしまうのかと思うと、恐《おそ》ろしくてたまらなかった。

しかし、母が死ぬことはなかった。

泣き叫《さけ》ぶ私のもとに、偶然《ぐうぜん》早めに帰ってきた父が駆《か》けつけたからである。息をしてない妻の横で泣き叫ぶ娘《むすめ》の姿を見て、父は当然ギョッとした。だが、それも一瞬《いっしゅん》のことで、すぐに父は救急車を呼び……母は病院で一命を取り留めた。

医師には、脳卒中《のうそっちゅう》だと言われた。

あまりに急なことだったし兆候《ちょうこう》は見受けられなかったから、父も相当驚《おどろ》いたものだ。

もちろん、私は「ネジ」のことについては何も話さなかった。

意識を取り戻《もど》した母の体には、もう二度とネジが現れることはなく、私もそれ以来この世界における不可思議な謎《なぞ》について思考することも言及《げんきゅう》することもやめた。

私は——普通の子供らしい遊びに友達と一緒《いっしょ》に没頭する、子供らしい子供になったのだった。

あれから、二十八年後。

当時七歳のヘンテコな少女だった私は、普通の考えを持った普通の大人になった。大学では人並みに恋《こい》をし、その相手と二十六歳で結婚《けっこん》して、二十八歳の時には娘を産んだ。

ヘンテコな少女だった私は母になり、私の母は祖母になった。

平凡《へいぼん》ながら幸せな家庭で、私は育児に家事に精一杯生きていた。

正直、自分が七歳の頃までおかしなことばかりを考えていたことなど、本当に……露《つゆ》ほども思い出すことなんてなかった。

しかし、突然思い出したのだ。

自分が世界の謎を解き明かそうとしていたことを。

母を殺しかけたかもしれないことを。

きっかけは、娘のキコの祖母——つまり、私の母のひと言だった。

「キコは、あの子はどんどんアンタに似てくるね」

キコが七歳の誕生日を迎《むか》えた、そのバースデーパーティーの席で、母は浮《う》かない顔をして見せた。

確かに、キコの顔立ちは私とよく似ている。目元はソックリで、夫の成分なんて一ミリも混入してないかのように、私に瓜《うり》二つだ。産まれたての赤ちゃんの時からそうだったのが、年を重ねるごとにますます似てきたことを、私は嬉《うれ》しく思っていた。

それなのに、母のこの顔はどうだろう?

自分の孫が、自分の娘に似ていることを疎《うと》ましそうにする祖母がどこにいるのだろう?

誇《ほこ》らしく思ってもらえることこそあれ、うんざりしたような顔をされる謂《い》われなど、どこにあるというのか。

母の真意がまったく分からず、私は言うべき言葉を見失っていた。

母は続けた。

「アンタも……あの子の歳くらいの時は、いっつもわけわかんないこと言ってたよねえ。世界の果てがどうとか、宇宙がどうとか。友達と遊ぶよりも空想が大好きで……どこでどう育て方を間違《まちが》えたんだろうって、ママ、ずっと不安で不安で」

「……私、そんなこと言ってたっけ？」

「やだ……忘れたの？　ひどい子だね」

「だって、何十年も前の話だよ？　そんなの覚えてるわけないって」

「あの子も、毎日のように言ってるよ。この世界はどこまで続いてるの？　宇宙に果てはあるの？　人間はどこから来たの？　どうして生きてるの？　本当は誰かが見てるんじゃないの？　私は本当は何なの？　ママは本当にママなの？　……ほら、アンタとそっくり同じこと言ってる」

ペラペラと早口でまくし立てる様子は、どこかおかしかった。

私を見ているようで見ていない。母の目は、どこか違う世界を映しているようで。その瞳《ひとみ》の奥《おく》に、まるで目の前に存在しているかのように七歳の私が映っていた。

私は、母の瞳に過去の自分を見ていた。

「ほんとヒドイ子。あの子もきっとヒドイ子になるんだろうねぇ。ねぇ、覚えてないでしょ? ママに何したか忘れちゃったでしょ?」

「え?」

「あの日、あんた……回しただろう? ママのネジ。回しただろう?」

「……ネジ?」

唐突《とうとつ》に、ブリキのオモチャの背中にくっついてるネジの映像が頭に浮かんだ。なんだかとっても見覚えのある、いかにも安っぽそうなネジの映像が。

形容しがたい不安に苛まれた。聞いてはいけないような。聞いたら元に戻れないような。

耳を塞《ふさ》ごうか。言葉を遮《さえぎ》ろうか。考えるや否や、母が呟《つぶや》いた。

「ママを殺そうとしたろう?」

ママヲ、コロソウトシタ――。

一語一語が意味を持たないただの文字として頭の中に入って来て、直後――私はフラッシュバックしてきた映像と共に、七歳のあの日、母の背中に生えていたネジを回したことを思い出した。

そうだ。どうしてすっかり忘れてしまっていたのだろう。

深く強く心臓が拍動《はくどう》して、私は恐る恐る母を見た。

そして、母と目を合わせた私の身体は、凍《こお》り付いたように固まってしまった。ザワザワと多足類《たそくるい》の虫が皮膚《ひふ》をはい回るような強烈な不快感が、後から後から襲ってきた。

母の目は、空洞《くうどう》のように暗かった。

「マーマー。ケーキ切ってー。ケーキ」

キコの声にハッとして我に返ると、私の隣《となり》に座る母はいつもの優しい笑顔を取り戻していた。

「キコちゃん、ショートケーキが大好きねー」

「うん、ケーキ大好きー！　キコ、イチゴ乗ってるトコ食べるー！」

「うんうん。今ばーばが切ってあげるからねー。ほーらマコ、ケーキのお皿出してよ」

「えっ……？」

「えっ？　じゃないわよぉ。キコちゃん待ってるんだから。やーね、ボーっとしちゃって」

母は何事もなかったかのように振《ふ》る舞《ま》い、私は異様なほどに汗《あせ》をかいていた。

単なる白昼夢《はくちゅうむ》だったのかと——そう思うしかなかった。

そんな不可解な出来事から、数日が経った。

私はどうしても気になって、倒《たお》れた時のことについて母に尋《たず》ねることにした。どこかでは、母の背中についていたネジのことについて、確かめたい気持ちもあった。

もちろん、そんなことを言えば笑われるに決まっている。子供が見た、ただの夢だと言われて終わるのだろう。

そう思っていた。

ところが、現実はさらに不可解だった。


「……倒れた？　私が？　そんなこと、一度もなかったわよ」


母はこともなげに、私に告げたのだ。

「……私が七歳の時だよ。ママ、脳卒中で倒れて病院に運ばれたでしょ！　パパがたまたま早く帰って来てて、それで」

「やぁね……そんなこと、一度もないわよ。病気なんてしたことないんだから！」

カラカラと笑う母が、私はなんだか恐ろしかった。

それだけではない。母は、数日前の出来事についても、全く覚えていなかったのだ。ネジの話を持ち出したことも、何もかも。

信じられずに、父に同じことを聞いてみた。だけど返ってくる答えはまったく一緒で。

私の記憶《きおく》の奥底に葬《ほうむ》り去られていた、七歳のあの日の出来事は、なかったことになっていたのだった。

一体何がどうなっているのか。私の頭がどうかなってしまったのか。

当然私は混乱した。


もしかして、何かの陰謀《いんぼう》なんじゃないだろうか？

私が子供の頃に考えていたように、何かが私たちを監視《かんし》していて、それを悟《さと》られそうになったから、私をどうにかしようとしてるんじゃないだろうか？

あるいは、私という人間が実は作られたロボットでしかなくて、故障か何かで記憶にバグがおきてるんじゃないだろうか？

それとも、私が存在しているこの世界は誰かの意識の中とかそういう所で、その誰かの意識が覚醒《かくせい》するにあたって私という存在が何かの作用を及ぼしているとか？

考えても答えの出るはずのない謎が、頭の中を行き交う。

しばらくして、愚《おろ》かしさに思わず笑っていた。

自分は一体何を馬鹿《ばか》らしいことを考えているのかと。三十五歳にもなって、こんな現実味のない荒唐無稽《こうとうむけい》な話を真剣《しんけん》に考える大人がどこにいるというのか。

七歳の頃の、妄想《もうそう》じみた思考に戻りかけていた自分を恥《は》じた。

あの日の出来事も、ネジも、単なる夢だったのだ。もちろん、母が口にした「ママを殺そうとしたろう？」というあの言葉も。

きっと、幼い頃に見た恐ろしい夢の決着を、大人になった今……再び、白昼夢という形でつけたに違いない。

忘れよう。忘れていいんだ。

自分の中で、そう結論付けていた。


それからまた、しばらくが経った。

この日、小学校から帰ってきた娘を、私は晴れやかな気分で迎えていた。

「おかえり、キコ。今日の学校はどうだった？」

「ママー、ただいま。今日はね、同じクラスのイチカちゃんと一緒に帰って来たんだよ」

「そう、よかったね。お手々洗ってらっしゃい。キコの大好きなドーナツあるわよ」

「わーい！　ドーナツ食べるー！」

興奮した様子で家の中に駆け上がり、キコはジャブジャブと勢いよく手を洗ってリビングへと戻って来た。

それから幸せ一杯の笑顔でドーナツを頬《ほお》張りながら、私に言った。

「ねぇママ、ドーナツの穴ってどこいっちゃうの？」

「……え？」

「ドーナツって穴があるでしょー。でも、かじると真ん丸だった穴が真ん丸じゃなくなるでしょー？　食べ終わったら穴は消えちゃうんだよ」

「なぁに？　それ？」

「それとも、穴はここにあるのかなー？　透明《とうめい》だから見えないだけかなー？」

キコはとても真剣そうな顔で首を傾《かし》げている。

今時の子は、ずい分不可思議なことを考えるものだと、私は微笑《ほほえ》ましいような感心したような気分になった。次の言葉を聞くまでは。

「ここにあるのになくなっちゃうなんて……やっぱり世界も一緒なのかな？」

「え？」

「キコねー。ずーっと気になってるの。キコが見えるところの向こう側って、どうなってるのか、ずーっと気になってるの。もしかしたら、向こうのほうの遠くの遠くって、真っ白なんじゃないかなーって、気になってるの。だって、今キコがここにいる間の向こうの向こうは、どうなってるのか、見えないでしょ？」

「や、やあね。それでもそこには、ずっと街があるのよ」

「えー本当に？」

「当たり前じゃない」

キコはとても不服そうに頰《ほほ》を膨《ふく》らませた。

「そんなの証拠ないじゃん！　わかんないじゃん！　もしかしたら、キコの移動に合わせて作ってるかもしれないじゃん！」

「……そんなわけ……」

常識で言ったら、ないに決まっていることは分かっている。

それでも私は言葉を詰《つ》まらせた。今キコが言っている言葉は、そっくりそのまま私が七歳の頃に自問自答していたことで、未だその答えは見つかっていない。

「それとねー、キコ思うんだー。地球って、もしかしたらおっきな人が観察してる、お庭みたいなものなんじゃないかなーって。実は、宇宙なんて水槽《すいそう》くらいの小さい箱で、地球はその中に浮かんでる小さい玉で、人間はもっともっと小さい虫みたいなのー！」

キコの言葉は止まらなかった。

「それかー、今のこの世界は本当の世界じゃなくて、キコたちは本当は本の中の世界で生きてるのに、それを知らなくて、ここが本当の世界だと思ってるとか。じゃなかったら、人間は実はみーんなオモチャで、本当は別の誰かが遊んでるだけなのに、キコたちがそれに気づいてないとか」

聞きたくなかった。今すぐ耳を塞ぎたかった。

滔々《とうとう》とキコが話す内容は、子供がたいてい一度は考えるような他愛《たあい》のない妄想《もうそう》で空想なのかもしれないけれど、気持ちが悪かった。

二十八年前の、七歳の私に向かって母が憤《いきどお》った理由が、今ようやくわかった気がした。

「ねぇ……ママは、本当にキコのママ?」

娘の言葉と瞳が、私の身体を縛《しば》り付ける。

今、私は二十八年前の母と同じように、「変なことを言わないで!」そう叫んで自室にこもってしまいたい衝動《しょうどう》に駆られている。

だけど、どうしてもできないでいた。

もし、眠った私の身体に、ネジがあったら？
それをキコが回してしまったら？
私はあの時の母のように、倒れてしまうのだろうか？
もしかしたら、死んでしまうのだろうか？
世界の本当の姿なんてものを疑ったりしたから、こんな目に遭《あ》うのだろうか。

「ねぇ、ママ……教えてよ」
真実を求める娘の瞳は強く輝《かがや》いて、その問いの答えを探すことをとっくに諦《あきら》めたまま生きてきた私は、今さらながら世界の深淵《しんえん》に恐怖《きょうふ》した。

［ 5分後に戦慄のラスト ］

Hand picked 5 minute short,
Literary gems to move and inspire you

小指の約束

またたびまる

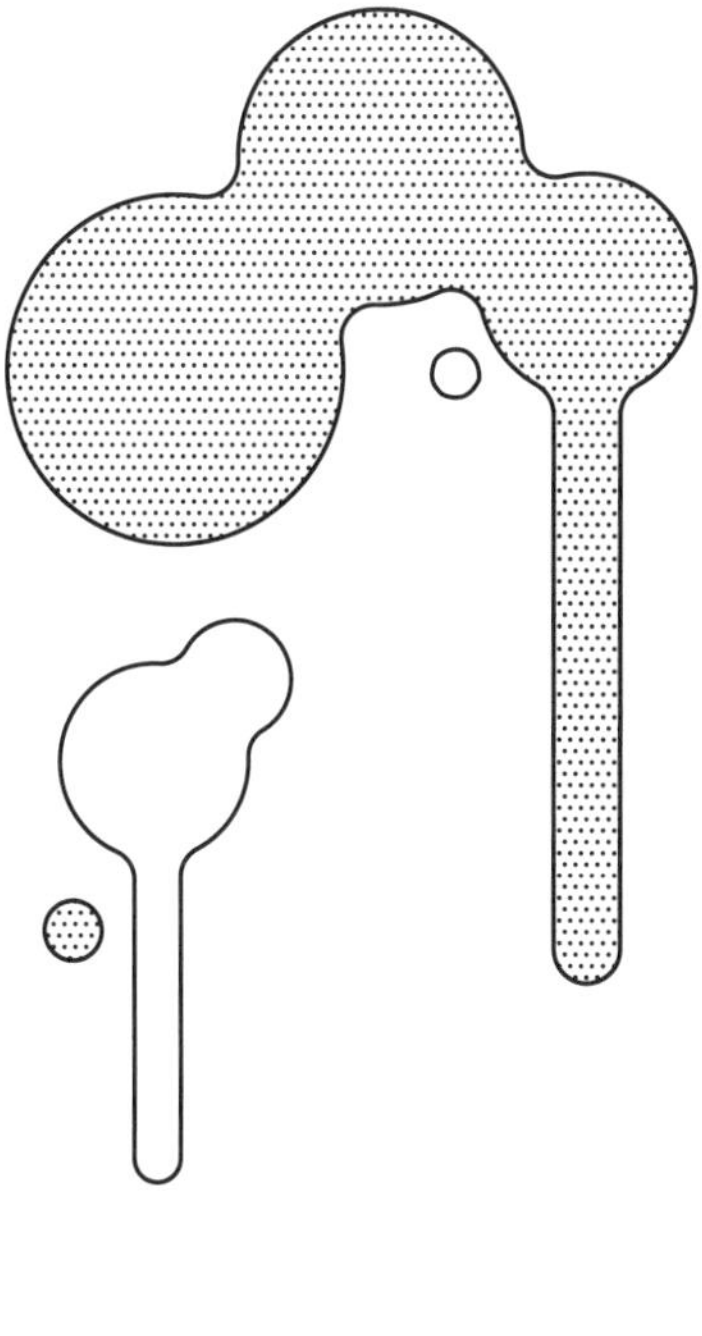

戌《いぬ》の刻……月の照らす暮夜《ぼや》

赤色の月は、空に浮《う》かんだというよりはそこにぽっかりと空いた穴のように見えた。艶《つや》のあるべっ甲《こう》のかんざしを何本も挿《さ》した頭を微《かす》かに上げて、赤い唇《くちびる》にくわえた煙管《きせる》からふうっと長い煙を吐《は》き出す松風《まつかぜ》の姿に視線を奪《うば》われながら、楽之助《らくのすけ》はほうっとため息をついた。

「なあ、松風。本当にいいのかい？」

禿《かむろ》が酒を注ぐ盃《さかずき》に口をつけながら、楽之助は問いかける。

「どうして、……そんなことをお聞きになりんす？」

「そりゃおめえ、知っての通り、俺《おれ》はしがない商人にすぎねぇ。商売ってのは吹《ふ》けば消えちまう蝋燭《ろうそく》みてえなもんで、大名みてえな地位も、名誉《めいよ》もねえ」

松風は答えずに、チラリと楽之助を見た。唇と同じ紅がひかれた目元は凛《りん》と張り詰《つ》めた美しさと、触《ふ》れれば壊《こわ》れてしまいそうな危うさを纏《まと》って楽之助を射抜《いぬ》く。その美しさに心の臓は早鐘《はやがね》のように響《ひび》いたけれど、次第に喉元《のどもと》に鋭利《えいり》な刃物《はもの》でも突《つ》きつけられているような錯覚《さっかく》を覚えて、楽之助は堪《たま》らず視線を逸《そ》らした。

「……だから、今まで身請《みう》けの話を断ってたんじゃねえのかい」

今や三年前になろうか。足の向くままにふらりと冷やかしに覗《のぞ》いた遊郭《ゆうかく》の昼見世でちらりと見えた物憂《ものう》げな松風の横顔は雷《かみなり》にも似た衝撃《しょうげき》と共に、いとも簡単に楽之助の心を奪った。寝《ね》ても覚めても、はたまた夢の中までも、その姿は瞼《まぶた》の裏に浮かんでは消えて、その度に楽之助は眠《ねむ》れぬ夜を幾晩《いくばん》も強いられた。

「あすこの米問屋も、楽之助の代でおしまいさね」

周囲から鼻で笑われ、あるいは呆《あき》れられ。楽之助は松風のもとへ足繁《あししげ》く通った。松風の馴染《なじ》み客として認められるまでに、三月《みつき》以上が経とうとしていた。

「しがない商人」と言いながらも、古くから続く楽之助の家の名を知らぬ者など江《え》戸《ど》の町にはいないほどだ。金ならばあった。身請けに要する法外な花代を遣《や》り手に提示されようとも、鼻白むことなく「払《はら》おう」と二つ返事を返せるほどに。

……しかし、当の松風自身が、幾度となく申し出た身請けの話に一度も首を縦に振《ふ》らなかった。格式高い花街、殊更《ことさら》人気女郎《じょろう》の松風にとっては、自分のような商人風情《ふぜい》が身請け話を申し出ること自体、一笑に付すべきものなのだろうと楽之助は理解していた。だからこそ、一体なぜ、松風が急に身請け話に乗るつもりになったのか。嬉《うれ》しさの反面、楽之助には皆目《かいもく》見当がつかなかった。

「わっちが決めたことでありんす」

長い煙管をくるくると器用に弄《もてあそ》びながら、松風はふうっと長く息を吐き出した。むせ返るような甘《あま》くて苦い煙を吸いこむ楽之助の表情を、松風は面白そうに覗き込《こ》む。

「それとも」

松風は楽之助の肩《かた》にしなだれかかり、白くて細い指でつうっと無骨な頬《ほほ》をなぞる。

「楽之助様はわっちのことなど、もう……嫌《きら》いになりんしたか……?」

先ほどとは打って変わって、儚《はかな》げで今にも泣き出しそうな松風の潤《うる》んだ瞳《ひとみ》に見上げられ、楽之助の鼓動《こどう》は跳《は》ね上がる。

「よせやい。俺がどんなにこの日を待ちわびたか……お前もようく知っているだろうに」

堪らず白く細い肩を抱《だ》こうと手を伸《の》ばすと、松風はするりと身を返した。悪戯《いたずら》が見つかった少女のようにニッと笑う表情に、楽之助の胸はきゅうっと収縮する。

「なあ、……松風。お前、好きな男はどうしたんだ」

心の蔵の奥《おく》深くに押《お》し込めようと飲み込んで、何度喉から出かかったか分からない問いが、酒の力も手伝って楽之助の口からこぼれた。

「楽之助様は面白いことを仰《おっしゃ》る」

松風は瞬《まばた》き一つせずにくつくつと喉の奥で笑った。

「わっちが心に決めたのは、心奪われて久しいのは。……もうずっと、ずうっと前から楽之助様ただお一人でありんすのに……」

蠱惑的《こわくてき》な眼差しに、唇に。楽之助は投げかけた問いなど忘れてかぶりつきたくなる。けれど一度口をついた疑念は、酒をなみなみと注いで溢《あふ》れた盃のように、せきを切ったように問いかけとなって湧《わ》いて出た。

「死んだのか、その男は」

松風は答えない。

「それとも、捨てられたか」

赤い唇が微かに動く。楽之助は制するように言葉を続けた。

「後生大事にしてる煙管入れ。その箱に入れてる髪《かみ》を、その爪《つめ》を。……一体誰《だれ》に」

渡《わた》そうとしたのか、否、なぜ渡さなかったのか。楽之助はぐいっと盃をあおった。

「切り落とした髪の毛は、小指の爪は。いつでも傍《そば》にいるという誓《ちか》い……。ふふ、楽之助様はご自分にそれが贈《おく》られなかったから、妬《や》いてらっしゃると見える」

「何がおかしい！」

歌うように言葉を紡《つむ》ぐ松風に己の小ささを責められたような気がして、楽之助は声を荒《あら》らげた。

「可愛い人」

松風は音もなく擦《す》り寄ると、楽之助の胸に顔を埋《うず》めた。

「……あれは、わっちの髪の毛でも小指の爪でもありんせん」

「じゃあ……誰の」

「古い古い、……幼い日の戯言《ざれごと》でありんす」

楽之助の言葉を待たずに、松風はその口を赤い唇で塞《ふさ》いだ。空に浮かんだ月は、灰色の重たい雲に隠《かく》れようとしていた。

亥《い》の刻：雲隠れの月

その景色は今となってはおぼろげにしか思い出せない。ただ、ここよりずっと寒く、冬にはよく雪が降った。もっとも、家屋と呼ぶには頼《たよ》りない掘《ほ》っ立て小屋にはいつだって隙間風《すきまかぜ》が吹いていたし、着るものも穴だらけだったからそう感じていただけかもしれないけれど。

手を引かれて長い長い道のりを歩き、幾晩かを経てようやくこの「鈴虫楼《すずむしろう》」に辿《たど》り着いた時は、ガクガクと震《ふる》える足で立っていることがやっとで、親元を離《はな》れた寂《さび》しさよりも、疲労《ひろう》と空腹で頭がクラクラした。初めて白い飯を存分にかっこみ、温かい湯に浸《つ》かり、柔《やわ》らかな布団で夜を明かした時には、ここは極楽かと目を擦った。

けれど次の日。「母ちゃんに会いてえ」と小さくこぼした瞬間に、姉女郎に横っ面を張られた。

「身請けされるか、死ぬか。年季明けを待つか」

この花街から出る方法はそのいずれかしかないのだと、頰《ほほ》の痛みと共に知った。

「松乃《まつの》」

それがここで生きていくための新しい名前。薄汚《うすぎたな》く汚れた顔の自分は死んだのだ。

赤く腫《は》れた横っ面を押さえたまま、膝《ひざ》を抱えた。

数日後、顔が黒く汚れた少女が姉女郎の部屋へとやってきた。名前は「小春《こはる》」というのだと、嬉しそうに話す姿がやけに腹立たしかった。

「フン、どこが小春だ。おめえなんて見るからにトラって面しやがって」

キッと睨《にら》みつける小春に、そのままささくれた言葉を投げつけた。

「親に棄《す》てられたんだろ、帰る家だってねえんだろ。『春』ってのは温かくて花が咲《さ》いて、皆が待ちわびるんだ。はっ、笑っちまう。お前のことなんか、誰も待ちやしねえ。お前なんか全然綺麗《きれい》じゃねえ」

「うるさいっ」

投げつけた言葉は小春と呼ばれた少女にというよりも、自分自身に向けた言葉だったのかもしれない。けれどそれは、気が立った野良猫《のらねこ》のような少女を激昂《げきこう》させるには充分《じゅうぶん》すぎるほどに刺々《とげとげ》しいものだったから、そのまま飛びかかられて、取っ組み合いの喧嘩《けんか》になった。

引っ張って、引っ掻《か》かれて、噛《か》み付いて、張り倒《たお》されて。二人ともあんあん泣いて、折檻《せっかん》部屋に閉じ込められて。飯抜きの刑《けい》だったから、どちらからともなく腹が鳴《な》って、……気づけば顔を向かい合わせて笑っていた。

「オラ、絶対にここを出てやる」

「オラだって」

「フン、郭《くるわ》言葉も使えないような奴《やつ》に身請け話はおろか、年季明けまでの花代が稼《かせ》げるとは思えないね」

「……お前だって」

その日は、春先だというのに嫌に寒くて。二人で痩《や》せっぽっちの小さな身体を寄せ合って眠った。

「松乃、ちょいとこれを届けてくれなんし」

姉女郎は見世を代表する花魁《おいらん》で、名を夕霧《ゆうぎり》と言った。売れっ妓《こ》であるが故に、文のやり取りも多く、小春や自分は遣いを頼まれることもしばしばだった。

だから、その文の相手の中に、一人だけ特別な存在がいるのだということはすぐに分かった。

その人が見世に来ると、姉さんはいつもと違《ちが》う顔になった。うっとりと、それでいて苦しげで、熱っぽく。自慢《じまん》の艶やかな黒髪を、その人に一房《ひとふさ》切り落とさせもした。

「これを、わっちと思って、傍に……」

最後まで紡がれることのなかった苦しげな声は泣き声にも似ていた。

「松乃、お前爪を伸ばしておきなんし」

そう言って、他の客へは自分や小春の伸ばした爪を切って贈る姉さんが、その人に贈るためだけに自らの爪を剝《は》がしていた日。痛さにくぐもる声を聞きながら、小春とそっと息を潜《ひそ》めた。

姉女郎が廻《まわ》し部屋でその人と共に命を絶ったのは、月が明るい夜だった。カタカタと震える小春の右手はとても冷たくて、月の光が障子《しょうじ》に散った赤い血しぶきを照らしていた。


「なあ、松乃」

「なんでありんす、小春殿《どの》」

「やめろよ、気色悪い」

その日の明け方、寝床《ねどこ》で小春が小さな声で囁《ささや》いた。

「眠れないのか?」

「毎晩煩《うるさ》いてめぇのイビキが鳴らないからな、静かすぎて寝られないのさ」

小春は軽口に噛《か》み付いてこなかった。いつものように「うるせぇ」と声を荒らげ、何なら引っ叩《ぱた》かれる覚悟《かくご》すらできていたのに。

もぞ、と小春が寝返りを打った。しばらくして漏《も》れ出たその声は震えていた。

「……姉さんは。あの方法でしか、ここを出られなかったのかな。あんな……血が、たくさん出て……！　わっちらのことも置いて、……それでも、そんなに！　ここを、出たかったのかなあ……っ」

小春の言葉の終わりは嗚咽《おえつ》になっていて、思わず小春を抱きしめた。……いや、抱きしめられたのは自分だったのかもしれない。初めて会った日のように、長い間二人で涙《なみだ》をこぼした。

「ここを出よう。小春。必ず、二人一緒《いっしょ》に」

涙が大方乾《かわ》いてから、そっと小指を絡《から》めた。それは、吹けば飛んでしまうような小さな約束。

「うん、約束だ」

そして、ゆっくりと起き上がって、どちらからともなく鋏《はさみ》を手にした。小春の髪は美しかった。一房切り取ると、小春はニッと笑って同じように鋏を手にした。シャキン、と冷たい音が鳴った。月の光は既《すで》になく、暁闇《ぎょうあん》が辺りに広がっていた。

子《ね》の刻…深更《しんこう》に沈《しず》む夜《よ》伽話《とぎばなし》

「松乃っつうのは、お前の幼名かい、松風」

ゆったりとした口調で話を終えた松風は、煙管をくわえ直すと窓の外を悠然《ゆうぜん》と眺《なが》めて目を細めた。

「するってえと……その髪の毛は、昔々に交換《こうかん》した小春って遊女のもんってことか。……ははっ」

飲み続けた酒がようやく回ってきたのか、楽之助の頰《ほほ》は上気した。松風に他の間夫などいなかったのだという安堵《あんど》と、嫉妬《しっと》に駆《か》られて責めるような真似をした自分を咎《とが》めるどころか自らの秘密を打ち明けた松風を今すぐに抱きしめたかった。

「血を同じくした姉妹みてぇなもんだもんなぁ」

したり顔で頷《うなず》きながら、饒舌《じょうぜつ》になった楽之助の心にはむくむくと好奇《こうき》心《しん》が広がった。

「で、誰なんでい。その遊女ってのは。小春ってのも幼名なんだろう?」

長い沈黙《ちんもく》の後に、松風は口を開いた。

「葵」

「あおい？」

「ええ、葵。あんな小汚かった小娘《こむすめ》が、今やこの見世を張る花魁になるだなんて、笑っちまう……本当に」

外を眺めながら喉の奥で笑う松風を他所《よそ》に、楽之助の心の中にはまた別の懐疑《かいぎ》が夜風と共に持ち上がっていた。

「……待てよ。花魁、葵ってえと……」


花魁葵の足抜け騒動《そうどう》。数日前に花街を賑《にぎ》わせた大騒動は、楽之助の耳にも届いていた。見世で一、二を張る花魁の葵が、見世の若い衆と足抜けを試みたのだ。

年季も明けていない女郎が花街を無断で出ることはご法度《はっと》だ。例に漏れず、相手の男は郭衆と呼ばれる警備集団によって葵の目の前で処刑されたと聞く。

足抜けは、他の遊女への見せしめも兼《か》ねて、たとえ花魁であろうとも酷《ひど》い折檻の対象になるのが慣わしだ。磔に始まり、顔以外への殴る蹴る、そして水責め。耐えられない遊女のほうが多いのだ。葵も命を落としたというのが、噂話《うわさばなし》の結末だった。

そしてそれは、松風が楽之助の身請け話を受けるのよりも幾ばくか前のことだ。

「小指の爪も、小春……いや、葵のものだってのか」

煙管箱を愛しそうに撫《な》でる松風は、まるで知らない女の顔に見えた。

幼い頃《ころ》に髪の毛を一房互《たが》いに交換したのだと松風は言う。ならば、楽之助がそっと箱を覗いた時に見えた真新しく、かすかに血のついた爪は、一体誰のものなのか
……いや、一体いつのものなのか。

楽之助の胸に浮かんだ疑いを見透《みす》かすかのように、松風は笑った。

「……葵の小指も、お見せしんしょうか？」

カタカタと、盃を持つ手が震えた。あはは、と声を立てて松風が笑った。

「可愛い方。全ては……ただの夜伽話、わっちの与太話《よたばなし》でありんすのに」

「与太話……」

酒が醒《さ》めたのか夜風に身体が冷えたのか、楽之助は背筋に冷たいものを覚えながが

ら、松風を眺めた。

「お眠りなんし。楽之助様。今宵《こよい》の話は、長い夢の一つ。ただの悪い夢でありんす」

小首を傾《かし》げる様は艶やかで、美しい女だ。だが、先ほどとは違い、楽之助はその手を松風へ伸ばせないでいた。

雲の陰《かげ》からいつの間にか出てきた月が、まあるく、赤く、二人を照らし、嗤《わら》っていた。

［5分後に戦慄のラスト］

Hand picked 5 minute short,
Literary gems to move and inspire you

見知らぬ同窓会

緒方あきら

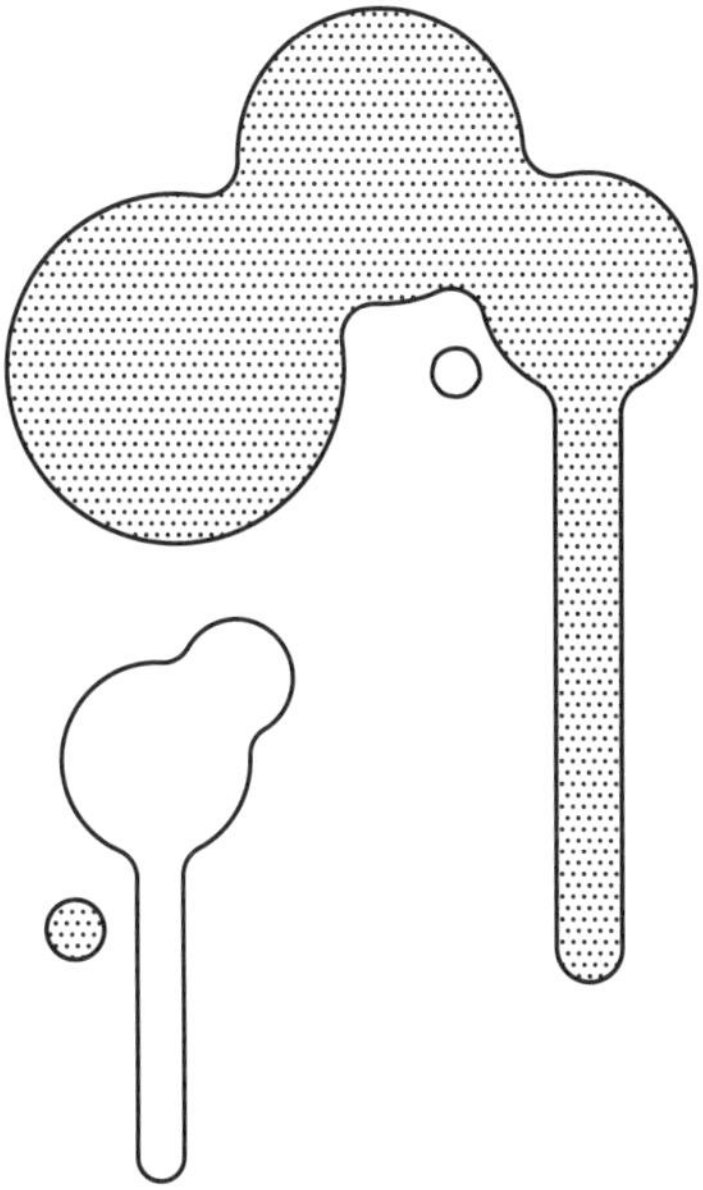

「それでは、西鏑《にしかぶら》小学校平成十一年卒業生の十六年ぶりの再会を祝して！　乾杯《かんぱい》！」

長ったらしい挨拶《あいさつ》を終えた幹事の斉藤《さいとう》が、立ち上がりグラスを高々とさし上げる。座敷《ざしき》のそこらじゅうから乾杯の声とともに、グラスをあわせる音と喧騒《けんそう》が溢《あふ》れかえった。

僕《ぼく》は宴席《えんせき》の下座、一番隅《すみ》っこに腰《こし》かけて同じテーブルのメンバーと遠慮《えんりょ》がちに乾杯をした。

伊東《いとう》、西村《にしむら》、桐山《きりやま》、北村《きたむら》……。

見ず知らずの面々の胸元にある名札を乾杯の合間にちらりと見ては、名前を頭に叩《たた》き込《こ》む。十六年ぶりの再会を楽しむ彼《かれ》らの笑顔が、とても眩《まぶ》しかった。

「山岸《やまぎし》君、久しぶり」

すでにかすかに頬《ほほ》を赤くさせた、小太りの女性に声をかけられた。名札には、本《ほん》田《だ》啓子《けいこ》と印刷されている。

「ああ。本田さん、久しぶり」

「山岸君、ずいぶんイメージ変わったね。最初わかんなかったよ」

「本当に久しぶりだからね。最後に会ったの、いつだったっけ？」

「卒業式以来会ってないじゃない。それとも私のこと、どこかで見た？」

「いや、見てないよ。十六年ぶりか、誰《だれ》だって結構変わるものさ。でも、本田さんはあのころのままだね」

ＳＮＳで見た卒業式の写真を思い出しながら、僕は慎重《しんちょう》に言葉を選んだ。僕の言葉に本田は「やだぁ」と少し照れてみせる。大きな手に、指輪は見当たらない。

「山岸君、あ、圭介《けいすけ》君て呼んでいい？　もう、こんなにかっこよくなっちゃって。お仕事はどう？　恋人は？」

「ボチボチかな。おっと、斉藤に挨拶してくるよ」

本田の言葉に何かしら踏《ふ》み込んでくる意図を感じ、僕は席を離《はな》れた。こういうとき、座敷の宴会は便利である。平成十一年に小学校を出て十六年ぶりということは、彼らはだいたい二十八歳になるのか。婚期《こんき》を焦《あせ》る女性も出てくるだろう。

恋愛がらみの微妙《びみょう》なものには、極力巻き込まれたくなかった。内緒話《ないしょ》のような少数だけが共有していた思い出話も、できるだけ遠慮したい。具体的な話題には、積極的に触《ふ》れないようにする。

僕はこの同窓会に縁《えん》もゆかりもない人間なのだから。

斉藤は挨拶を終えると、女性の多いテーブルでご機嫌《きげん》にビールを飲んでいた。少し汗《あせ》ばんでいるワイシャツの背中を指でつつく。赤ら顔の斉藤が僕のほうに振《ふ》り返った。

一瞬《いっしゅん》怪訝《けげん》そうな顔をした斉藤の目線が僕の胸元にさがる。名札と僕の顔を二回ほど往復したあと、白い歯を見せて笑った。

「山岸か！　誰かわかんなかったぞ！」

「皆《みんな》に言われるよ。飛び入りの参加になって悪かったな、これ」

「構わないって。会費、四千円な。確かに受け取ったぜ」

斉藤が胸ポケットからクシャクシャになったメモ用紙を出し、山岸という名前に丸をつけた。

「それにしても、山岸の家にも同窓会の案内を送ったはずなのになぁ」

「何かの手違《てちが》いで届かなかったのかも知れないな」

「ありそうなことだ。最近の郵便業者っていうのは、なってないよな。この間も会社で頼《たの》んだ荷物がさぁ……」

斉藤の愚痴《ぐち》に適当に相づちを打ちながら、僕は同窓会が行われている座敷全体を見渡《みわた》した。

久しぶりの再会に笑い合い、時に抱《だ》き合う男たち。かつての思い出話に、目に涙《なみだ》を浮《う》かべる女たち。

卒業した後に関わりのあった人もなかった人も、ここではかつてのクラスメイトとして同じぬくもりを共有していた。

その温かさが、心地よかった。僕が演じる、山岸圭介という人間はどんな少年だったのだろう。かつての同級生たちが交わす思い出話の中に、彼の名前は全くと言っていいほど出てこない。できる限り大人しそうな少年を選んで正解であった。

宴席に戻《もど》り、再び喧騒に包まれる。僕はあいまいな笑顔で交わされる言葉たちに頷《うなず》き返しながら、ぬるま湯のような心地のよい空間を存分に堪能《たんのう》した。


斉藤たちの二次会の誘《さそ》いを丁寧《ていねい》に断り、僕は家路につく。

うんざりするような満員電車に揺《ゆ》られること数十分。通い慣れた道をのんびりと歩き、家のドアノブに手をかける。

「ただいま」

家の中は静まり返っていた。

玄関《げんかん》はぬぎ散らかした靴《くつ》で足の踏み場がない。ため息をついて、隅っこで靴をぬぎ暗いリビングにあがった。真っ直ぐに奥《おく》の自室に入り、ベッドに腰かける。ボロいベッドは突然《とつぜん》のしかかってきた僕に抗議《こうぎ》するように、ギシリと嫌な音を立てた。

「沢山《たくさん》集まったな」

ジャケットの内ポケットから、同窓会で交換《こうかん》した名刺の束を取り出す。一人一人の顔や口調を思い出しながら、名刺《めいし》の裏にそれらを書きこんでいく。名刺の裏の空白が僕の文字で埋《う》まっていくと、何とも言えない幸福感に包まれた。

同窓会の温かな雰囲気《ふんいき》と沢山の記憶《きおく》を余すことなく名刺に詰《つ》め込み、用意していた名刺ケースに一つずつ丁寧に差し込んでいく。出来上がった名刺アルバムを、思い出の写真を愛《め》でるようにめくった。

「良い同窓会だった。君は幸せだなぁ、山岸圭介」

一通り記憶に浸《ひた》った僕は、今日一日僕が演じた見知らぬ山岸圭介に語りかけた。

名刺ケースの背表紙に『西鏑小学校 平成十一年卒同窓会　山岸圭介』と記す。今日の日付を書き足し、ベッドから腰をあげて本棚《ほんだな》に向かう。色違いの同じ名刺ケースが並ぶ木目調の棚の一番右側に、手にしたケースをしまった。

びっしりと棚に並んだ名刺ケースたち。僕が通った、見知らぬ同窓会の思い出たちである。

本棚の横にあるデスクの椅子《いす》を引き、パソコンを起動させる。インターネットに接続し、ブックマークしてある様々なＳＮＳを開いては、次に参加できそうな同窓会をチェックしていく。

「祝、全員参加……。これはダメか。こっちは……三年ぶり？　最近すぎるな」

いくつかの同窓会企画《きかく》を探し出して、吟味《ぎんみ》していく。知らない同窓会の中に潜《もぐ》り込む。そんな趣味《しゅみ》を持つ僕が同窓会を探すときは、いくつかのルールがある。

まず、小学校か中学校の同窓会であること。次に、できれば全員が集まるのは八年以上の間隔《かんかく》があいている同窓会にすること。顔つきがある程度変わっていても、おかしくない歳月だからだ。年齢《ねんれい》も、二十六歳である僕の年齢から離れ過ぎないものにした。

そんな細かい条件に合う同窓会があるのだろうかと、最初の頃《ころ》は不安であった。しかし、意識して調べてみると、意外にも世間は同窓会であふれていた。皆、子供の頃が懐《なつ》かしいのかもしれない。

「これと、これにしようかな……」

いくつかの同窓会に目星をつける。ここから、また細かい作業になっていく。同窓会に参加するために、なりすます相手のピックアップとリサーチが必要だ。それも、ＳＮＳを駆使《くし》して徹底的《てっていてき》に調べた。なりすます本人と同窓会の場で鉢《はち》合わせすることが一番まずい。

検索《けんさく》エンジンなども使い、なりすます相手の候補を可能な範囲《はんい》で隅々まで調べていく。相手の予定がわかれば一番良いが、現在の勤務地などでもいい。遠く離れた場所で働いているやつが、わざわざ十年ぶりの同窓会のために帰ってくることはないだろう。

とはいっても、そんな個人情報を見つけることはさすがに難しい。だから、頻繁《ひんぱん》に同窓会の参加者たちのＳＮＳの日記や呟《つぶや》きをチェックした。同窓会の話題で盛り上がれば、参加する人間の話題にも持っていきやすいのだ。

例えば、伊藤という男になりすますために、田中という男を名乗り伊藤が同窓会に来るか探りを入れる。そんなことをやってみる時もある。同窓会を見つけて、そこに他人になりすまして入り込む。

なんとも危なっかしい行為《こうい》である。無茶な手段を可能な限り円滑《えんかつ》に行いリスクを回避《かいひ》するためには、遠大で気の遠くなる作業が山積していた。

日程という、言うなれば同窓会全体のハード面をクリアしても、なりすます人物の背格好や顔つき、性格、クラスでのポジションなどのソフト面も把握《はあく》しなくてはいけないのだ。

膨大《ぼうだい》な手間と時間を費やしてなお、僕は見知らぬ同窓会に惹《ひ》かれていった。なんのしがらみも打算もない、ただただ温かい空間はどんなリラクゼーションにも勝る癒《い》やしの時だ。

年功序列、成果主義、売上競争。

数字に支配された日常は、まるで自分が機械になっていくようで、吐《は》き気をもよおすほどに気持ちが悪い。上辺の友情だとか会社の付き合いだとか、無駄《むだ》に細かくて面倒臭《めんどうくさ》いだけの下らない人間関係もお断りだ。

そんな僕にとって見知らぬ同窓会こそが、なんのしがらみもない、一夜限りの心の寄る辺になり得る存在であった。

きっかけはどうということもない。会社の飲み会に遅刻《ちこく》し、名前を告げて店員に案内されたまま入った場所が違う宴席で、そこが同窓会の場であったのだ。

「西川《にしかわ》様ご到着《とうちゃく》です」

居酒屋の安い引き戸を開き、店員が部屋の中に声をかける。誰一人、見知った人はいなかった。場所が違いますと店員に声をかけようとした時、見ず知らずの男女数十人の顔に、一瞬で笑顔があふれた。あのとき僕に向けられた、優し気な微笑みの花束を、僕は今でも忘れない。

結局僕はそのまま同姓《どうせい》の他人である西川として、初めての見知らぬ同窓会を経験することとなった。皆が青春を語り合い、思い出を笑い合い、時に涙を流す。セピア色になりかけた思い出に色をつけていくような、濃密《のうみつ》な時間。

それはどこにでもありがちな同窓会の風景なのかもしれない。それでも、僕にとってあの時目の当たりにした光景は、めくるめく理想の空間であった。

あの快感をもう一度、陶酔《とうすい》の世界をもう一回。

心地よい空間を自由に漂《ただよ》うこの行為は、僕の生活に欠かせないものとなっていった。同窓会用に見知らぬ人物の名刺を作る作業をしていると、まるで僕が新しい人間に生まれ変わるような高揚感《こうようかん》に包まれる。

台紙とインク代も積み重なってバカにできない値段になっていたが、そんなものは苦にもならない。せっせと赤の他人の名刺を作っては、次の同窓会に思いをはせる。

いつの間にか、時刻は午前零《れい》時を回っていた。大きく息を吸い、西鏑小学校同窓会の余韻《よいん》を胸に満たして、僕はベッドに潜り込んだ。来週の同窓会が、どうしようもなく待ち遠しかった。


「それでは、東村《ひがしむら》中学校三年A組の同窓会に、乾杯！」

その女に出会ったのは、僕が村垣修也《むらがきしゅうや》として東村中学校の十二年ぶりの同窓会に出席したときのことである。いつものように宴席の隅に腰かける僕に、ノースリーブの白いブラウスを着た女が名刺を差し出して来た。

「村垣修也君、久しぶりね」

「ええと、田沢《たざわ》ほなみさんか。久しぶりだ、十二年ぶりかな」

「本当に、お久しぶり。……一週間ぶりねぇ、西鏑小学校の山岸圭介君？」

「えっ？」

耳元で、女のイタズラな声が踊《おど》る。全身が震《ふる》えた。

顔をあげた僕に、田沢ほなみが艶然《えんぜん》と微笑んでみせる。僕の出しかけたまま固まった手から名刺を奪《うば》い、彼女は違うテーブルへと去っていった。白いブラウスに、艶やかな黒髪《くろかみ》が舞《ま》う。

かすかに、どこかでかいだ覚えのある香水《こうすい》の残り香が鼻腔《びくう》をくすぐった。あの女は何者なのか。山岸圭介であった僕を知っている。先週の西鏑小学校の同窓会に、彼女はいたということか？

そんなはずはない。西鏑小学校の同窓会と今回の同窓会は、世代に一年の間があるのだ。年齢が合わないし、学校の場所だって慎重にずらしている。混乱する僕の視界の端《はし》に、席を立つ田沢ほなみの姿が見えた。急いで後を追う。

トイレに続く廊下《ろうか》を曲がった目立たない場所で、彼女の背中に声をかけた。

「ちょっと、田沢ほなみさん」

「どうかした？　山岸圭介君」

「今は村垣修也だ。……君は一体何なんだ。なんでその名前を知っている？」

「冷たいのね、覚えてないの？　私、西鏑小学校の八城香苗《やぎかなえ》よ」

「八城……。あっ！」

八城香苗。一人だけ、先週の同窓会で遅刻してきた女だ。

あの日、遅れてきた八城香苗は髪を茶色に染め、濃い化粧《けしよう》に派手な服装で動き回り、自由気ままに思い出話に花を咲《さ》かせていた。

「前から思っていたけど、同窓会に熱心なのね。村垣修也君」

「前からって、どういう意味だ」

「私が知らないと思った？　丁寧に下調べしているみたいなのに、案外鈍感《どんかん》ね」

「それは……」

田沢ほなみの予期せぬ言葉に、僕は口ごもってしまった。

「男の人は大変よね。お化粧もできないし、こういう場で着る服も限られちゃうもの」

「君も、前から同窓会に?」

「女は化けやすいの。化粧の仕方を変えてメイクを濃くして、目にはコンタクトを入れたり……。一時間で別人になれる。鈍感な山岸圭介君が気付かないくらいにはね」

「何が目的だ?」

「さあね」

「ごまかすな」

身を乗り出した僕を制するように、田沢ほなみが人差し指を立てた。僕のワイシャツに当てた指にわずかに力を籠《こ》めて、少しだけ背の高い僕を見上げて笑った。

「つまんない日常に刺激が欲しかったの。婚活パーティに参加して、怪しげなクラブに出入りした。イリーガルなバーにも行った。でもどこも退屈《たいくつ》。くだらない、つまらない、どうでもいい。男は皆下半身に脳ミソを乗っけてるだけ。女なんて、もっと嫌」

まるで歌うように告げた彼女の口元から、白い歯がのぞいた。

「でも、ここは違う。同窓会って素敵。皆仲良しで、下心だって多少はあっても可愛いものだわ。旧友たちが抱き合って、かつての恩師が涙を流す。感動的よね、まるで映画やドラマみたい。私ね、そういうのを特等席で見ていたいの。あなただってそうなんでしょ?」

田沢ほなみの手が、無造作に僕の左手を摑《つか》んだ。その指先で、僕の薬指の指輪に触れた。

「女を漁《あさ》るつもりなら、これは外しておくはずだものね」

「僕はそんなつもりじゃ」

「トイレ。待ってて」

反論しようとした僕の口に指を当て黙《だま》らせると、そう言って彼女は背を向けた。

何が映画だ、何がドラマだ。

イライラする。

僕は娯楽《ごらく》や異性との出会いを求めてここにきているんじゃない。同窓会はもっと純粋《じゅんすい》で素晴らしいものなんだ。映画を特等席で見たいだと？　あの女はふざけてる。だが、なりすましていることがばれている彼女に僕が強く言うのは得策ではない。一体どうすればいいのか。腕《うで》を組んで考え込んでいる僕の肩《かた》を、不意に誰かが叩いた。

「なんだ村垣？　酔ったのか？」

「あ、ええと……木下《きのした》。いや、大丈夫《だいじょうぶ》だ、ありがとう」

「久しぶりの同窓会だ。飲み過ぎることもあるよな、ほれ」

木下はウコンジュースの缶《かん》を僕に手渡しトイレに向かった。同窓というだけで、こうして人は親切にしてくれる。このぬくもりこそが、同窓会の醍醐味《だいごみ》なんだ。やっぱりあの女は、間違っている。

「お待たせ」

下を向いた僕の視界に、見知ったヒールが映った。顔をあげると田沢ほなみが立っていた。

「見ろよこれ。木下がくれた」

「ふうん、良かったじゃない。それで?」

「こういう無償《むしょう》の優しさこそ、同窓会の素晴らしいところだろ?　お前の考えは同窓会にふさわしくない、間違っている。感動の場面が見たいのなら、映画館にでも行ってくれ」

「ジュース一本で大げさね」

鼻で嗤《わら》って歩きだした田沢ほなみを追って廊下を進む。なんとかして、この女を僕の神聖な同窓会から追い出さなければならない。

「そうだ。化粧でどうにでもできるのなら、君は高校の同窓会に行けよ。僕は高校の同窓会には参加しない。お互《たが》いに棲《す》み分けようじゃないか」

「それ、貴方の都合でしょ。お断りよ、高校生にもなると色々と面倒臭いの」

「どうして?」

「初体験の相手がクラスメイトだったらどうするわけ?　なりすました子が先生とこっそり不倫《ふりん》をしていたら?　思春期には忘れちゃったじゃごまかせないことだっ

て、沢山あるの」

まあ、中学でも一緒だけどね。そう呟いておかしそうに笑って、田沢ほなみは同窓会の席に戻っていった。


結局その日、僕は最後まで同窓会を楽しむことができずに、一人隅っこでじっとして過ごした。田沢ほなみは席を移動しては男女問わず談笑し、時に抱き合い大きな声で笑って、一足先に同窓会をあとにしていた。

僕は釈然《しゃくぜん》としないまま、秘密基地を荒《あ》らされた子供のような気持ちで家に帰った。散らかった玄関をまたいで、冷めた食事を口に押《お》し込みぬるい湯船につかる。どうすればいいのか見当もつかない。

「たまたま、何度か一緒になっただけだ」

乾いた声で自分に言い聞かせた言葉が、浴室の中にむなしく響《ひび》いた。

翌週の同窓会にも、田沢ほなみの姿があった。仕事帰りのＯＬのようなスーツ姿をした田沢ほなみが、峰村《みねむら》かすみという名刺を差し出す。僕はなんとか平静を装って、木戸《きど》拓斗《たくと》という名刺を交換した。ニヤリと笑う峰村の薬指に、指輪が輝《かがや》いていた。

名前と電話番号だけが書かれたシンプルな名刺は、皮肉にも僕の名刺のデザインにそっくりである。木戸拓斗とやらの会社をでっちあげることもできるが、そこまでするのはさすがに気が引けた。彼女にそんな遠慮があるとも思えないが、嘘《うそ》をつく以上余計なことは書かないほうが賢明《けんめい》だとも思える。

「毎回名刺を作ってたんじゃ、インク代も馬鹿《ばか》にならないだろ?」

「そうでもないわ。旦那《だんな》の目を盗《ぬす》んで、旦那のプリンターで適当に刷ってるから。インクの減りがバレないように、最低限のことしか書かないようにしているし」

「君ってやつは……。どうりでシンプルなデザインだ」

「木戸君の名刺もね」

居心地の悪さを感じて、僕は席を移動した。嫌な気持ちを抑《おさ》え込むように、見知らぬ同級生と知らない思い出話を語り合う。

それでも結局あの女のことが気になって、僕は同窓会を心から楽しむことができなかった。峰村かすみはそんな僕の視線さえ楽しんでいるかのように、よく動きよく笑い、まるで同窓会の主役であるかのように騒《さわ》いでいる。

赤ら顔の男が二人、ビールを持って僕の横に移動してきた。

「木戸、お前峰村さんのことばっか見てるだろ。さては惚《ほ》れたか?」

「そんなんじゃないさ、勘弁《かんべん》してくれよ桜井《さくらい》」

「本当か? さっきから峰村さんを見てため息ばかりついているじゃないか」

「冗談《じょうだん》はよしてくれ、佐伯《さえき》」

「いやぁしかし、彼女美人になったよな。中学のときとはまるっきり別人だよ」

声のトーンを落としてそう言った佐伯の言葉に、僕は胃が痛くなった。どうして偽名《ぎめい》で参加した知らない同窓会で、あんな風に奔放《ほんぽう》に振る舞えるのか。何が特等席だ、あいつはとっくに舞台の上にあがっている。

「木戸、お前その手の指輪」

「え、ああ、まぁ」

確認するような佐伯の言葉に、僕は曖昧《あいまい》な返事をして左手に右手を重ねた。僕の仕草と顔を見て、眉《まゆ》を顰《ひそ》めた佐伯が手に持っていたグラスをあおった。

「ふうん、まあ俺《おれ》にはどうでもいいことだけどさ。どうする、このあと？」

「このあと？　帰るけど？」

「男女三人ずつで二次会、どう？　何か起きちゃったら自己責任ってことで」

佐伯と桜井がニヤニヤと笑いながら僕を誘った。頼むからやめてくれ、同窓会っていうのは、もっと綺麗《きれい》なものだろう。そんなつまらない火遊びに巻き込まれるのはごめんだ。お前らはどうせ赤の他人じゃないか。

「僕はそういうのは……」

「あら素敵、いいじゃない。私は行くわ。木戸君も来るわよね？」

いつの間にか佐伯の隣《となり》に座っていた峰村が、内緒話に割り込んでくる。木戸君、という言葉に微妙なアクセントが置かれていた。目が合う。来なければバラす、というような脅《おど》しが言外に込められている気がするのは、勘違いではないだろう。

本当にこの女には、どこまでもペースを乱される。僕の口からは、本日何回目かわからない深いため息が零れた。

同窓会が解散となったあと、僕らは繁華街《はんかがい》へと繰《く》り出した。佐伯と桜井にはお目当ての女性がいたらしく、二次会のメンバーはすでに決まっていた。

それならば佐伯も桜井も、相手を誘って二人きりでどこかに行けばいい。そう思ったが、あくまで同窓会の延長であるという建前が必要なのであろうことは、僕にも予想がついた。

その証拠《しょうこ》に、彼らはひとつの携帯《けいたい》電話を皆で順番に回し合い、あくまで大人数での二次会であることを携帯電話の向こう側の相手に強調しあっている。

家に電話をかけた女の受話口越《ご》しに、「ママー!」という子供の無邪気《むじゃき》な声が聞こえてきた。途端《とたん》に、僕はこの場を今すぐ離れたくなった。こんな行為に、欠片《かけら》も加担したくはない。顔に出ていたのか、横を歩く峰村にわき腹を小突かれた。

「あの子、昔の恋心が同窓会で再燃しちゃったみたい。綺麗な思い出のままでも一晩くらいはイイ夢見れるんじゃない?」

「不倫に綺麗もイイもないだろ。理解できない」

「確かに感心はしないけどね。でも、同窓会だって綺麗もなにもないと思うけど？」

「えっ？」

「あなたが一人で勝手に、同窓会は優しいんだ、素晴らしいんだって理想にひたるのは自由。だけどそれは人に押し付けられるものじゃない。本当は、わかっているんでしょ」

「そんなこと……言うなよ」

優しい時間と、温かい笑顔。大切な思い出と、かつての仲間と語らう青春の清らかさ。

人はそういう綺麗な気持ちだけで動いているわけじゃない。それくらいは、もちろん僕だってわかっているつもりだ。それでも、せめて僕の視界に入る、小さな切り取られた世界くらいは、ほんの短い時間だけでも綺麗なままで居て欲しかった。

綺麗なものだけを見て、素晴らしいものにだけ触れることだって、できるはずだ。

そう信じていた。

僕は他人を巻き込んで、自分勝手な理想に酔っていたのだろうか。佐伯の腕に寄りかかる女の顔には、母親の影《かげ》を見いだすことはできなかった。十数年前の恋する少女は、熱に浮かされたような瞳《ひとみ》で男の腕に絡《から》み付いている。

僕の心に描《えが》いた秘密基地のような場所が、少しずつ壊《こわ》れていくような気がした。せめて、そこの曲がり角でキスのひとつでもして、手を振って子供の待つ家に帰って欲しい。僕の願いは、ネオンの明かりに塗《ぬ》りつぶされてしまうのだろう。敢《あ》えてその瞬間を見ようとは思えなかった。

「帰る」

「おい、木戸！」

佐伯たちの声を無視して、僕は歩いてきた道を戻り駅を目指す。ヒールの音が、小走りに僕を追ってきた。腕に小さな手が添《そ》えられると、何度もかいだ香水の香りが僕の肺に紛《まぎ》れ込んで来た。

「帰っちゃうんだ、子供みたい」

「うるさい。君は二次会に行くんじゃなかったのか？」

「私も帰るわ。子供の声を聞いたら、ちょっと興ざめしちゃった」

「僕を強引に連れ出したくせに、勝手なやつ」

「ええ、勝手よ。そんなのもう知ってるでしょ」

「散々振り回されたからな」

この女がいると、いっつも僕のペースは狂《くる》う。

「ねえ木戸君。ホテルいこっか？」

「そんな気分じゃない」

「あっそ。じゃあ、もう帰りましょ」

むくれる峰村かすみの手を振り払《はら》って、僕は改札を潜り抜《ぬ》けた。うんざりする満員電車に乗り込み、窮屈《きゅうくつ》な姿勢で数十分をやり過ごす。いつもより苦労して電車を降りて、深呼吸をした。通い慣れた道をゆっくりと歩き、鍵《かぎ》を開けて家のドアノブに手をかけた。


「ただいま」

家の中は、相も変わらず静まり返っている。

いつもよりスッキリした玄関で靴を脱《ぬ》ぎ、リビングに腰かけた。

「お疲《つか》れ様、木戸君」

靴を脱いで向かいに座った峰村かすみが、テーブルに投げ出した僕の左手に手を重ねた。僕らの薬指で、お揃《そろ》いの指輪が蛍光灯《けいこうとう》の明かりを反射して輝いている。

「これからは、プリンターのインク代は折半だからな」

「ケチ。じゃあ今度からは、うんと凝《こ》ったデザインの名刺を作らなくっちゃ」

見知らぬ名刺の見知った彼女が、そう言って僕にイタズラな微笑みを向けた。僕は席を立って、彼女を抱き寄せる。見知らぬ同窓会が汚《けが》れてしまったような悲しみが、僕の中でどうしようもなく溢れ出していた。

「おかえり」

大切な遊び場を奪われた子供は、こんな気持ちなのだろうか。かすかに濡《ぬ》れた僕の頬《ほほ》を、彼女の小さな手が慰《なぐさ》めるように優しく包んでくれた。

僕の帰る場所は、ここなのかもしれない。
そんなことを思いながら心の中で、小さく呟いた。
『ただいま』

［5分後に戦慄のラスト］

Hand picked 5 minute short,
Literary gems to move and inspire you

五《ご》臓《ぞう》六《ろっ》腑《ぷ》に染み渡る

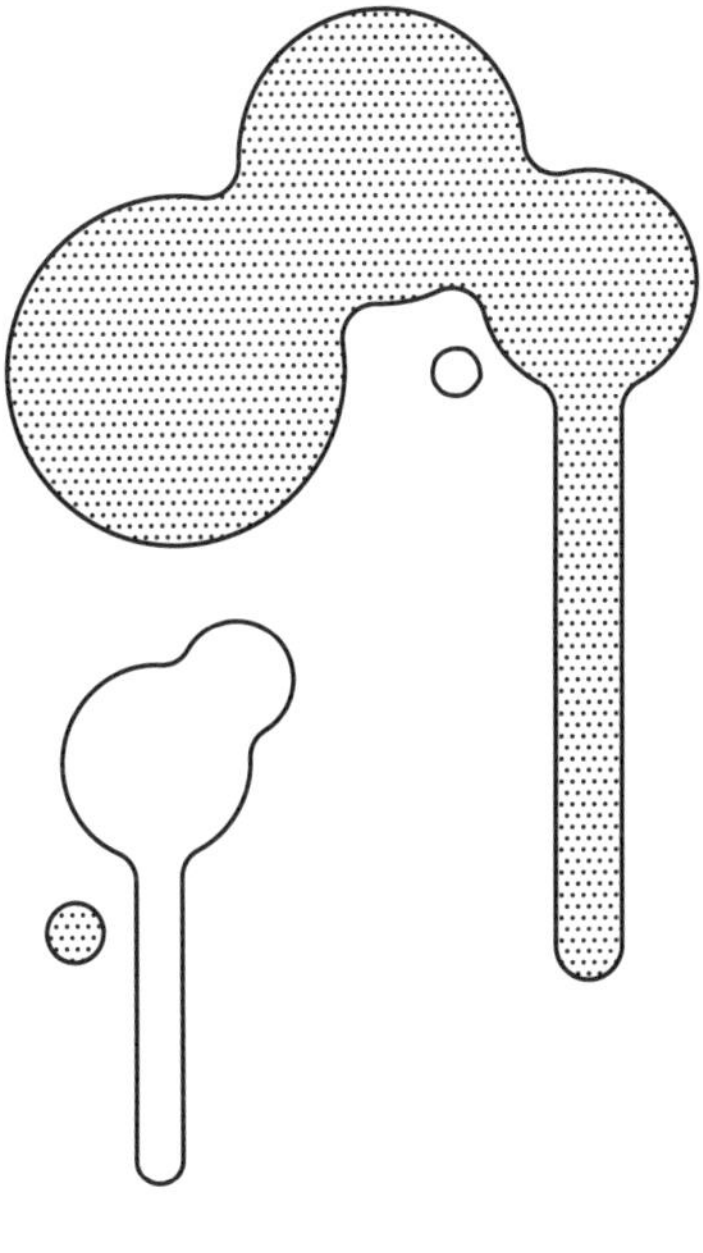

和久井要

ビルが屹立《きつりつ》している。見えている空は狭《せま》い。空色と称《しょう》して良い青が見えるのはほんのわずかで、大半は刷毛《はけ》でなぞったように巻積雲《けんせきうん》が覆《おお》っている。天気が悪いわけではない。いわゆる秋晴れ。心地よいはずなのに、違和感《いわかん》のほうが強い。

天を見上げているのではない。空が真正面に見えるのだ。天地の感覚が摑《つか》めない。現に足には何の感触《かんしょく》もない。

背中が何かに接している。そこで仰向けに倒れていることにようやく気づいた。どうして？

ぼんやりとして上体を起こすと、すぐ横は大通りだ。片側二車線の道。交通量だって多い。自分はその通りの歩道の真ん中にいた。

こんな所で大の大人が寝転《ねころ》がっていれば、さすがに邪魔《じゃま》なはずだ。それなのに、誰《だれ》もが僕《ぼく》のことを気にしている様子はない。皆《みんな》が一心不乱に迷いなく歩を進めている。

都会ならではの他人への無介入《むかいにゅう》という奴《やつ》だろうか。それでも少しばかり度が過ぎているのではないか。

周囲を見渡《みわた》せば、ビルの合間からコクーンタワーが見えた。顔の向きを変えれば東京都庁舎もある。


——新宿だ。しかし、どうして新宿なんかにいて、さらに歩道で横になっているのか。


僕はよろよろと立ち上がった。

昨日は、仕事から帰って、まっすぐに自宅に戻《もど》ったはずだ。

それから——思い起こそうとして、不意に頭痛に襲《おそ》われる。ちょっとやそっとの頭痛ではない。あまりの痛みに頭を抱《かか》えてうずくまるくらいの。

記憶《きおく》に靄《もや》がかかってしまっている。何かしら仕事をしていたという手応えのようなものは感じ取っている。電車で通勤していたということも。それなのに、職場がどこで、自宅がどこかという当たり前のことが思い出せないのだ。

今日は平日のはずだ。人の往来の中に、スーツ姿のサラリーマンの姿も多い。だとしたら会社に出勤しなければならないはずだし、遅刻《ちこく》するようなことがあれば、会社への連絡《れんらく》くらいは常識だ。

そこまで分かっているのに、その先に進めない。

「お困りのようだね?」

背後から声をかけられた。振《ふ》り返ると、中学生くらいの男の子が一人立っていた。ジーンズにトレーナーと言う平凡《へいぼん》な出で立ち。背の高さも見目も、特にこれと言った特徴を感じさせない。

大丈夫《だいじょうぶ》だよ。少年はニコニコ笑っている。

「今は何かと思い出せないけど、じきに思い出せるようになるから、ご心配なく」

正に今、気にしていることを当てられ、心の中でギョッとする。それでも子供なんかになめられてたまるものかと虚勢《きょせい》を張った。そもそも言葉遣《づか》いがなっていない。タメ口だなんて許せない。

「そんなことはいいから、早く学校に行きなさい」

「あまり人を身なりで判断しないほうがいいよ」

「目上の人への言葉遣いがなってないようだが」

「生まれてからの歳月《さいげつ》なら、僕のほうが長いんだけどね」

少年の冴《さ》えた眼光の鋭《するど》さに、不覚にも身震《みぶる》いした。すぐに、少年は破顔した。

「それより、移動して欲しいんだけど」

「どこに?」

「あっちのほうに」

少年は、都庁を背にして、正面やや右を指差した。

「しばらく進むと電器屋があるんだ。その四階にテレビ売り場があるから、その前まで」

「なぜ、君の指示に従わなければならないんだ?」

「嫌《いや》なら力ずくでも移動して貰《もら》うだけだけど」

少年の目に怒《いか》りが篭《こ》もったかと思うと、先ほどのような頭痛にまた襲われた。耐《た》え難いほどの痛みに立っていられない。

「……分かった。言う通りにするから、勘弁《かんべん》してくれ」

「最初からそういう態度で行こうよ。では、移動して」

顔を上げた時には少年の姿はなかった。慌《あわ》てて周囲を見渡すが、どこにも少年の姿は見当たらない。

仕方なく僕は移動を開始した。

少年の言う通り、十分ほど歩けば、有名な家電量販店《りょうはんてん》が目に入った。地上八階建て。赤地に白文字の巨大《きょだい》な看板が掲《かか》げられている。

エスカレーターで四階に上がる。テレビ売り場はすぐに分かった。言われた通り、適当なテレビの前に立つ。

丁度テレビでニュースが流されていた。僕の全くあずかり知らないニュースだ。透明《とうめい》人間病という謎《なぞ》の病気が流行しているというニュース。何でも原因不明のまま人が昏倒《こんとう》するのだそうだ。意識の戻る人もいれば、そのまま息を引き取る人もいる。原因は全くの不明。病院でも、現時点では全く手出しができないのだと言う。ただ、意識を取り戻した人の中に、透明人間になったという人があまたいるのだとテレビは伝えていた。だから透明人間病。単純なネーミングと言えなくもない。

「分かった？」

再び声をかけられ、振り返れば少年がいる。

「おじさんもこれ。テレビで言うところの透明人間病。まぁ、病気とは少し違《ちが》うんだけどねぇ」

少年は両手《りようて》を頭の後ろで組んでいる。

「大人をからかうのもいい加減にしなさい」

いいの？　と、また睨《にら》まれる。

「僕の説明を聞かないと後悔《こうかい》するよ」

少年は、僕の言葉なんて意に介してない様子だ。

「まず、僕のことは、ガイドって呼んで。まぁ、呼びにくかったらどう呼んでくれても構わないけど。あと最初から言ってるけど、見た目で絶対に判断しないで。これも繰《く》り返すけど、僕はおじさんより長く生きてる。だから目上がどうのこうの言うのなら、僕のほうが敬語を使って貰わないといけなくなる。幸いにも、僕は敬語は好きじゃない。おじさん、ラッキーだね。あと、僕には歯向かわないほうがいい。もちろん分かってるよね？」

ニヤリと笑われるだけで、頭が痛くなった気がする。無意識に頭に手が伸《の》びる。

さて、話を始めるね。少年はそう言う。

「まず、おじさんの体は病院にあるよ。能無しの医者たちがどうしていいかも分からず、ベッドの横で右往左往してるところ。だから、今のおじさんは実体がないんだ。後でいいから試しに誰かに話しかけてみて。誰も反応しないから。そりゃそうだよね。だって、姿も見えなければ、声も聞こえないんだから」

ケタケタと少年は笑う。

「戻してくれ。頼《たの》む、何でもするから、僕を体に戻してくれ」

夢のような話なのに、どうしてかそう言っていた。

「慌てない慌てない。今から僕はおじさんに、三つの選択肢《せんたくし》をあげるね。その中から、一つ選んで。制限時間は今から四十八時間。それと——」

間髪《かんぱつ》を容れずに、少年はそう言う。

「おじさんの右手に注目」

言われるがままに右手を見ると、ナイフを手にしていた。刃《は》渡り十八センチくらいのペティナイフ。

「な、なんだこれは……」

全く身に覚えのないものだ。いつ摑《つか》んだかさえ定かではない。ヌラリとした艶《なま》めかしい光沢《こうたく》が恐《おそ》ろしい。こんなものを持って、街を歩いていたなんて。

捨ててしまいたくて、左手で右手の指を開こうとしても、右手はビクともしない。

「無理無理。それに、そのナイフは絶対に必要だから捨てようとしないで。そのナイフは、おじさんのマウスみたいなもの」

「マウス?」

「そう、パソコンのね。パソコンのマウスはクリックして選択するけど、おじさんは、そのナイフを使って、人の左胸を刺《さ》すの。刺すことで、選択したと見なされる。だから必要。捨てたらいけない」

「刺せるわけないだろ‼」

「何で？」

「何でって、それは犯罪だ。僕は人殺しにはなりたくない」

ちょっと冷静になってくれる？　言ったよね？　おじさんは今、実体のない存在なんだって。

「だから、それで人の胸を刺しても死なないから。おじさんと同じ状態になるだけ」

——つまりは透明人間になるだけ。少年は笑みを絶やさない。

「とにかく話進めるからね。もう一度言うけど、選択肢は三つだからね。まずは、その一——」

少年は人差し指を立てる。

「おじさんの愛してる人を刺す。この場合は、めでたくおじさんを極楽浄土《じょうど》にご招待」

「僕が……死ぬってことなのか？」

「ま、そういうことだね。安心して、極楽浄土だから。地獄《じごく》じゃないから住みやすいしね。で、二つ目」

今度は人差し指を立てたまま、中指も立てる。

「おじさんの一番憎《にく》んでいる人を刺す。この場合は、おじさんは、体に戻れて人生再開です」

「なんだ……ちゃんとした選択肢があるじゃないか」

ホッと胸を撫《な》で下ろす。

「ただし、この場合、一つの権利と一つの義務が生じるから」

「権利と義務?」

「そう。権利は、何でも一つ僕に質問をする権利。一回だけどんな質問でも答えてあげるよ。例えば、三十年後の日本経済はどうなっているのかとか。もっと身近だと、次の競馬のG1レースの結果とか。あとは、何歳まで生きることができるかとかでも」

より取り見取り。質問考えるのって楽しいよね。

「じゃあ、義務は?」

「おじさんに一つだけ不幸なことが降りかかっちゃうんだ。つまり不幸を受ける義務。具体的なことはごめんだけど僕も知らない。近親者が事故で亡くなってしまうという場合もあるし、ただ道路で転んで、膝《ひざ》を擦《す》りむいちゃうって、不幸と言ってもいいかどうか分からないような小さい時の場合もある。ようは、事の大小は、その時になってみないと分からないってこと。ロシアンルーレットみたいで楽しいでしょ」

そして三つ目。最後に薬指を立てる。

「愛する人を刺すことも、憎む人を刺すことも選ばず、そこらへんを歩いている見ず知らずの人の胸を刺した場合。もしくは、四十八時間、何の選択肢も選ばなかった場合。この場合は、おじさんは体に戻れるよ。でも、今までの一切合財の記憶を失っちゃうから気をつけてね。あ、安心して、言葉を話すこととか、字を書くこととかは忘れないから。ただ、生い立ちから今までのこと全部、つまり両親のことと か、友達のこととか、仕事のこととか、それは綺麗《きれい》さっぱり全部忘れちゃうから、その状態での社会復帰は結構大変だよ。だから僕は勧《すす》めない」

どう？　分かった？

「分かったも何も、まともな選択肢がないじゃないか」

そう言う人多いんだけどさぁ。そういうもんなんだから、仕方ないでしょ。

「まぁ、とにかくまとめると、おじさんの持ち時間は今から四十八時間。正確には、今、説明した時間分だけは減っちゃってるけど、細かいことは気にしないで。とにかく、おじさんは、その時間内に選択して、行動を起こす。判定は右手のナイフで、ターゲットの左胸を刺すこと。繰り返すけど、おじさんのナイフで刺された人が、死ぬことはありません。今のおじさんと同じ状態になるだけ。テレビで言うところの透明人間みたいな？　そんな感じ。あと、今のおじさんなら、人から見えないから、女子更衣室《こういしつ》に入っても、銭湯の女風呂《ぶろ》に入っても、捕《つか》まることはないからね。時間内なら楽しんでくれても結構だから」

幼い姿でそんなことをいけしゃあしゃあと言ってのける。

「質問はある？　なければ僕は退席するね。そうそう、僕が退席したら、おじさんの今までの記憶、一旦《いったん》戻るから安心して」

大丈夫？　僕行くよ？

半ば、反射的に頷《うなず》いていた。話が突飛《とっぴ》過ぎた。それに今は一人で考えたい。

「じゃあ、時間内に結論見つけてね」

刹那《せつな》、全ては少年の言う通りだと実感した。住んでいる場所も、勤めている会社も、そればかりか、愛する人も、憎んでいる人も、全ての記憶を一瞬《いっしゅん》で取り戻したのだ。見事としか言いようのないくらい鮮《あざ》やかに。


憎っくき相手は、上司の高橋《たかはし》だ。四十代も後半に差し掛《か》かっているのに、常に目をギラギラさせている。女癖《おんなぐせ》が悪く、社内社外にかかわらず女性を苦しめる女の敵。このご時世なのに取引先に接待を強要する。必ず若い女性社員を同行させるように注文をつける。あとは立場を利用してのセクハラとパワハラ三昧《ざんまい》。胸を触る。尻《しり》を触る。そんなものに留まらない。服を脱《ぬ》げと言う。スーツを脱いでブラウスも脱がせて、スカートだって。

下着姿にさせられて、それでもまだ高橋は続けさせようとした。下着を指差して、まだ脱ぐものがあるだろうと言われ、さすがに女性は泣いてしまった。そんな女性を目の前にして、僕は見て見ぬふりができなかった。

「部長、もう十分でしょ。止めて下さい」

その女性こそが僕の愛した竹田《たけだ》瞳《ひとみ》だった。黒縁《くろぶち》眼鏡。伸ばしっぱなしの重たい髪。一言で言うと地味。それでも取引先の彼女《かのじょ》のことは前々から知っていた。コツコツと真面目。とにかくミスが少なく、安心して仕事を任せることができる。

そんな彼女のことを僕は嫌いではなかった。実際、それがきっかけで付き合い始め、瞳はオシャレをするようになった。眼鏡からコンタクトに、髪形も雑誌に載《の》っているような軽い感じに。メイクだって変えたかもしれない。

そして瞳は見違えた。彼女は予想以上に美人だったのだ。そんな変身した瞳を高橋は目撃《もくげき》した。僕と一緒《いっしょ》にいるところを見たのだ。それればかりか得意先の人間だと気づいてしまった。

その頃《ころ》、僕は瞳との結婚《けっこん》を意識していた。結婚を仄《ほの》めかす話だって二人の間で出ていた。

「……別れて欲しいの」

なのに瞳の口から突然告げられた内容に、ただただ呆然《ぼうぜん》と立ち尽《つ》くした。

「どうして?」

「他に好きな人ができた。ただそれだけ」

そんな理由は、まさに伝家の宝刀だ。何も言い返すことができず、僕は瞳の目の前から去るしか方法が浮《う》かばなかった。

それから度々、週末に、街で高橋と腕を組む瞳の姿を目撃した。なぜ? どうして? 接待であそこまでのことをされたのに。涙《なみだ》だって流したのに。

女心は分からない。

そんな時、知ってしまった。高橋が瞳に圧力をかけたことを。噂《うわさ》の真偽《しんぎ》は定かではない。でも、瞳が拒《こば》めば、取り引きを止めると脅《おど》されているという話だった。

高橋なら、あり得ない話ではない。もう限界だった。直属の上司である高橋を殴《なぐ》って、会社を辞めてやろうとさえ考えていた。

最後に確かめるために一度だけ、瞳と会った。

「本当に、私は幸せだから、そんなことしないで」

そう言われてしまえば、もう高橋を殴ることなんてできるはずもなかった。

それから半年。今でも瞳の言葉は嘘《うそ》だと思っている。彼女が他の人に惹《ひ》かれるのは仕方がない。でも、その相手が高橋であって、いいはずがない。


一気にそんな記憶が蘇《よみがえ》った。瞳への愛も、高橋への怒りも取り戻した。

記憶の濁流《だくりゅう》に溺《おぼ》れ、ハッとした時には、電器屋に少年の姿はなかった。一人取り残された僕は、トボトボと移動を開始した。念のため、ここにたどり着く前に、何人かの人に話しかけてみた。反応がない。少年の言っていることに偽りはないのだ。

やがてアルタ前の広場にたどり着いた。待ち合わせ場所としてはあまりに有名な場所。花壇《かだん》を縁取るコンクリートブロックにもたれるようにして立ち尽くす。

大きく息を吐《は》き、空を見上げる。

選択肢は三つというが、第三者や、誰も選ばないという項目《こうもく》は、最初から排除《はいじょ》してしまっていた。だから、ターゲットは、愛する人か憎い人か。その二つ。

瞳を刺すことなんてできっこない。そんな度胸もないし、こんなまどろっこしいことなんかに巻き込《こ》みたくもない。

冷静に考えれば、選択の余地なんてなかったのだ。

高橋ならば、躊躇《ちゅうちょ》なく刺す自信がある。高橋なら、どれだけ困ろうと知ったこっちゃない。

ただ心配事は、仕返しが来るのではないかということだ。胸を刺しても、死ぬわけではないと少年は言っていた。高橋なら、迷わず憎い奴を刺して、復帰することは間違いない。自分自身が一番可愛い人間だ。それ以外の選択肢は、選択肢ですらあり得ない。

そこに来て、自分を刺した人間の心当たりがないことに気づく。つまり、誰に刺されたかは分からないということだ。高橋を憎む人間なんて文字通り星の数ほどいるはずだ。

ならば、仕返しは考えなくていい。

そう僕は確信した。そうなってしまえば、もう何も気にすることはなかった。

その勢いのまま、会社に行った。案の定、高橋は部長の席でふんぞり返っていた。

正々堂々と高橋の前に立つ。今まで、この場所でどれだけ高橋にどやされたことだろう。そのほとんどが高橋のミスだ。高橋はミスを全て部下に押《お》し付ける。悔しくて悔しくて、それでも必死に目の前の不条理と戦って、口をつぐんでいた。

そんな高橋は、全くこちらに気づかない。ナイフを彼の目の前にチラつかせるが、やはり反応はなかった。

ざまぁみろ。笑みがこぼれる。にやけた顔を戻すことができず、無防備の高橋の左胸にナイフの切っ先を当てる。快感を味わっていた。そんな自分が怖《こわ》くもあった。あとは簡単だった。高橋は逃《に》げるわけでもなく、抵抗《ていこう》するわけでもない。ゆっくりと落ち着いてナイフを刺すだけだった。ほとんど手応えもなく、呆気なく高橋の左胸に深々と刺さった。

やった。快哉《かいさい》を叫ぶ間もなく、僕は目が眩《くら》むような光に包まれた。

気づけば、職場とは違う場所にいた。病院だとすぐに分かった。体に戻れたのだ。高橋は一体、どんな選択をするのか。憎い人間を刺すと決め付けていたのに、ここにきて急に不安になった。

万が一にでも高橋が瞳を刺してしまったらどうしよう。死ぬわけではない。しかし三つの選択肢を選び、行動に移さなければならなくなる。

その時、名案が一つ浮かんだ。今から四十八時間以上、高橋の知らない場所に瞳を逃がせばいいのだ。

「木下さん、大丈夫ですか？」

あれこれと考えていると、看護師に名前を呼ばれた。ハッとして僕はうなずく。

「もう大丈夫です。退院させてください」

こんなことをしている場合ではない。時間がないのだ。

それでも、これから簡単な診察《しんさつ》があると言う。

悠々《ゆうゆう》とそんな診察を受けている場合ではなかった。隙《すき》をついて僕は病院を飛び出した。建物を振り返れば、僕のアパートのある三鷹市の病院だ。風邪をこじらせたりして、何度か来たことがあるから分かる。

鞄《かばん》を手にしていた。中を検《あらた》めれば、財布もちゃんとしまわれている。

瞳のもとへ行かなければならない。瞳はきっと会社にいる。逃げるように伝えるのだ。どこか遠くにいくように。

僕は必死に走った。一旦新宿に出て、小田急線に乗り換《か》え、登戸で降りた。瞳の会社は駅から十分ほどの五階建てのビルの三階にある。階段を出てすぐのドア。躊躇《ためら》うことなく中に入る。

「竹田さんいますか?」

「あれ?　木下さん」

取引先だ。僕の面も割れている。

「竹田でしたら……」

いち早く声をかけてくれた四十代の女性が口ごもるのを見て、嫌な予感がした。まさかこんな早く?　病院を抜《ぬ》け出すまでに少々手間取った。高橋に先を越《こ》されたのかもしれない。

「ありがとうございます」

僕は彼女の家へと向かった。今度は南武線に乗り、武蔵中原駅で降りる。瞳は実家暮らしだ。駅から徒歩二十分。僕はとにかく走った。嫌な予感が僕を走らせていた。

そして彼女の家が見えてくる。

「そんな……」

想像だにしない光景を目の当たりにする。

白と黒の幕。『竹田瞳告別式』と書かれた看板。

足から力が抜ける。その場にへたり込む。大きく肩《かた》が上下していた。耳からは自分の激しい呼吸音しか聞こえない。

もし、高橋がナイフを彼女の胸に刺したとしても、彼女は死なないはずだ。そう聞かされていた。なのに、どうして。


「残念だったね」

背後には少年。

「どういうことだ。ナイフで刺したとしても、死なないんじゃないのか?」

嘘《うそ》をついてたんじゃないだろうな。僕は少年を睨みつけた。

「まさか。嘘《うそ》なんて一切ついてないよ。もし、僕が嘘《うそ》をついていたら、おじさんの刺した人は、死んじゃうことになるよね。だったら誰も刺せないでしょ。それに、刺されていきなり告別式もおかしくない?」

そうか。そう思って項垂《うなだ》れる。

「だったら、どうして瞳は死んだ?」

「それって、権利を使うっていう解釈《かいしゃく》で良い? 一つしかない権利だからね。後でしまったって思わない使い方してね」

少年はあくまでもニコニコとしていて、その笑みが今は憎くて仕方がない。

「なんでも良い。頼む……教えてくれ」

権利の有効活用なんて、今は微塵《みじん》も考えられなかった。

「了解《りようかい》しました。これを権利の行使と判断します」

えっへん。少年は勿体振《もったいぶ》るように一つ咳払《せきばら》いした。

「彼女を殺した犯人を強いてあげるとしたら、それは彼女自身です」

「な、何を言ってるんだ……」

「彼女もまた、透明人間病を患《わずら》ったんだよ。もちろん、おじさんと同じ三つの選択肢から一つを選ぶことになる」

少年がチラリと僕を見た。

「もう、分かったよね?」

しかし、少年の言いたいことが理解できない。

「あれ？　まさか、分からない？」

少年は両手の平を天に向ける。参ったのポーズ。恨《うら》めしげに僕は少年を睨みつける。

「彼女は、愛する人を刺すっていう選択肢を選んだってことだよ。だからあなたは透明人間になったんでしょ。あれ？　そういう可能性、少しは考えなかった？」

僕はただただ首を横に振った。

「……なぜなんだ」

どうして瞳は、自分の死を選んだというのだ。

「ホント、おじさんって鈍感《どんかん》なんだね。彼女は、憎い人を刺した場合の仕返しを恐れたんだよ。それと、一つの義務、言い換えれば一つの不運が、おじさんに降りかかるかもしれないって、彼女は本当に心配したんだよ。彼女って、心配性だよね？　万に一つの可能性を引きずるなんてさ」

だから、瞳は自分の命をもって、僕を救ったということか。

「でもさ、これで彼女さんのおじさんへの愛は証明されたんだし、良かったじゃない」

「ちっとも、良くなんて……ない」

良いはずないだろ。

結局、自分が何をしたのか分からなくなる。瞳を救うことはできなかった。ただ、高橋への憎しみの大きさを実感しただけ。自分が嫌いになっただけ。

そこで急に景色が暗くなった。


*****

「何なんだ、これ……」

びっしょりと汗《あせ》を掻《か》いていた。

ヘッドホンを外し、アイマスクも外す。座っていたイスから立ち上がり、囲まれていた空間の外に出る。

「凄《すご》いでしょ？　これ」

超《ちょう》リアル体験「五臓六腑に染み渡る」という名のバーチャルゲーム。ビールの謳《うた》い文句のような名前だが、そんな甘《あま》いものではない。自分、愛する人、憎い人。計三人の名前など情報を登録する。携《けい》帯《たい》に画像があれば画像も登録できるし、動画なんかあれば、声でさえ登録できるのだ。全てはWi-Fiでデータのやり取りができるから簡単だ。画面に従って、操作するだけ。

そして、ヘッドホンとアイマスクを着けさせられる。視覚と聴《ちょう》覚《かく》をゲームに委ねるのだ。

脳波によってゲームは進行する。コントローラーがいらないなんて驚《おど》きだ。

複数のシナリオからゲーム機のほうがランダムにストーリーを選ぶ。一言で言えば、深層心理を浮き彫《ぼ》りにするゲーム。恋人《こいびと》と、母親がそれぞれ川に流されている。助けられるのは一人だけ。さぁ、どっちを助けるか。そんな心理ゲームと基本は似ている。

でも、その比じゃない臨場感。肌《はだ》で直接感じる焦《あせ》り、怒り、悲しみ、苦しみ。

市町村までの住所を入力しているから、本当に住んでいる街が映し出される。電車にも乗れるし、車だって運転できる。三百六十度、全てが本物。最初はたかがゲームと高をくくっていたが、途中《とちゅう》から夢うつつの状態になってしまった。

「しっかし、怖いなぁ。これ……」

高橋への殺意は本物だった。

「まだ何パターンもシナリオあるし、また試そうよ」

隣《となり》で笑う瞳。その瞳は先ほどまで僕が高橋に抱いていた殺意に気づいているのだろうか。

彼女とは来月結婚することになっている。高橋は、結局、女性社員たちからの訴《うった》えで、遠く男性とおばさんしかいないような支社へと島送りにされた。

もう終わったこと。それなのに隠《かく》された深層心理を見つけてしまった。

怖い。自分の醜《みにく》さも知ったし、瞳を失う怖さも知ってしまった。

隣にいる瞳はまだニコニコ笑っている。暢気《のんき》なものだ。こちらの気持ちを少しは慮《おもんぱか》って欲しい。

またやろうね。もう一度、そう言われた。
とんでもない。もう二度とこのゲームをしないと、心に誓《ちか》っていた。

［ 5分後に戦慄のラスト ］

Hand picked 5 minute short,
Literary gems to move and inspire you

フォルダ

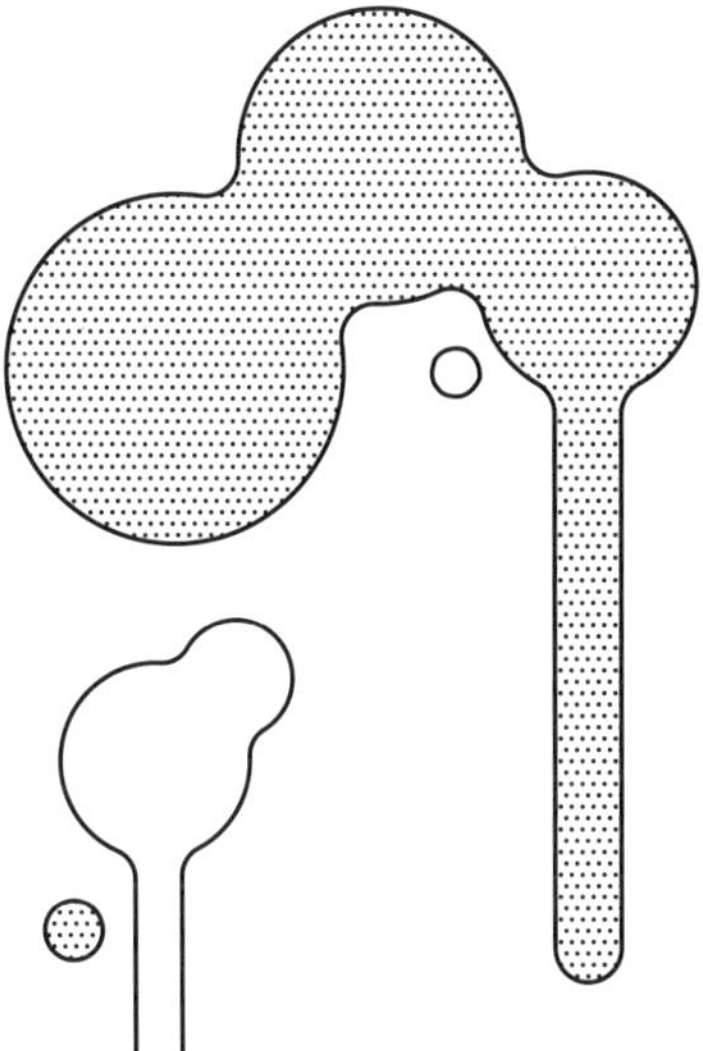

Uranus

週末、彼《かれ》の両親に結婚《けっこん》の報告に行くことが決まった。

出逢《であ》って三年、付き合って二年、同棲《どうせい》を始めて一年。

彼はキツいといわれる私とは正反対の穏《おだ》やかな性格。彼がいなくなれば私は私でいられなくなるのではないのかと思う。

それくらい彼は私の人生に影響《えいきょう》を与《あた》えた。

彼がいれば腹を立てることも少なくなり、古くからの友人たちは口を揃《そろ》えて『由《ゆ》香《か》は穏やかになった。谷《たに》くんのおかげだね』と言う。

もちろん自覚はあるし、よい変化なのだと思う。

そんな彼にプロポーズをされた。

私は二つ返事でOKした。

彼は緊張《きんちょう》から解放されると私を抱《だ》き寄せ、しばらく肩《かた》に顔を埋《うず》めた。

肩に彼を感じながら嬉《うれ》しさを噛《か》み締《し》め、新婚生活や将来の家族計画へ想像を膨《ふく》らませた。

彼は普段《ふだん》とても慎重《しんちょう》で急いてことを起こすことは少ない。しかしいつもと違《ちが》い結婚の報告だけはあっという間に予定を決めてしまう。

先に私の家族へ挨拶《あいさつ》にきた。

両親は何の問題もなく、とても喜んでくれた。同席した弟は彼に何度も『姉ちゃんでいいの？』と確認して彼を苦笑いさせた。

そんな感じで私側は問題なく終わった。

そして彼の両親を訪ねる。彼は一人っ子のため、ご両親とお婆《ばあ》様が同席してくれる予定になった。

※※※※※

玄関《げんかん》を閉め、一歩踏《ふ》み出して大きく息を吐《は》いた。

緊張して、作ってくれた食事の味をほとんど覚えていない。

彼のご両親もお婆様も彼と同じでとても穏やかで優しかった。彼の性格はあの家族とともに形成されたのだ。

「由香、疲《つか》れたよね。今日はもう帰ってゆっくりしよう」

私の後ろから出てきた彼が背中に手を添《そ》える。彼の手のひらから体温を感じながら車へ向かう。

車内で彼は今後について雄弁《ゆうべん》に語る。

自分の理想と私の望みを突《つ》き合わせ先へ話を進めていく。

私もそんな彼を微笑《ほほえ》ましく嬉しく思った。


この人となら幸せな生活が続きそうだ。

出逢えて良かった。

彼が私を選んでくれて良かった。運転する姿を見ながら将来を想う。

信号で停まるとこちらを向いて、

「由香、ありがとう。僕《ぼく》を選んでくれて」

まるで反対なのに私が想っていることを彼が先に言ってしまう。

「私のほうこそありがとう。もっと幸せになろうね」

プロポーズされた時よりも急に実感がわいて突然涙《なみだ》があふれ出す。

「泣かないでよ」

「だって、嬉しくて」

こんな会話も幸せで仕方ない。


自分たちの家についても涙が止まらず、先に部屋に戻《もど》ってもらうことにした。少しだけ一人で幸せに浸《ひた》りたかったのかもしれない。

ポーチから手鏡を出しハンカチで涙を拭《ふ》くと崩《くず》れた化粧《けしょう》を指でぬぐう。

いくら毎日すっぴんを見せていても、泣いて崩れた顔のままで顔を合わすのはまだ抵抗《ていこう》がある。

落ちてしまった下まぶたのマスカラを取ると車から降りる。運転席に回りエンジンを切ろうとして足元に落ちているものに気が付いた。

ＳＤカード？

アダプタにmicroSDが入っている。彼が落としたものだろう。

手に取って戻ろうとして急に好奇心《こうきしん》がわいた。

中身は何だろう。

彼は携帯《けいたい》電話から写真を撮《と》ることはあまりしない人だ。何が保存されているのか気になる。

そのまま運転席に乗り込《こ》んだ。

自分のスマホにmicroSDを入れて中身を確認する。

たくさんのフォルダはどれも仕事のものだろうか。ナンバリングされていて名前の付け方に彼の几帳面《きちょうめん》な性格がうかがえる。

画面をスクロールしながら見るのを止めようとして、一つのフォルダに目が留まる。

『由香』

私の名前が付けられている。

明らかに他とは違う。
彼が私の名で何を保存しているのか見てみたい衝動《しょうどう》に駆《か》られた。
見てはいけないと思うのに指を止めることができなかった。
フォルダの中にサブフォルダがあって、『優』『秀《しゅう》』『良』『可』『不可』がある。
もうここまで開いてしまうと後戻りできなくなった。
最初に『優』を開いた。

料理
味付け、彩《いろど》り、バランス文句なし

洗濯《せんたく》
色柄《いろがら》分別、漂白《ひょうはく》、頻度《ひんど》は毎日

料理、洗濯の文字は色がついており、目に飛び込んでくる。

おそるおそる順に開く。

『可』まで開いた時には、緊張か興奮か分からないドキドキで口はカラカラに渇《かわ》いていた。


彼が私を評価した成績表のようなもので、家事や言動たくさんのことがきれいに評価ごとにフォルダに分かれていた。

それは誰《だれ》かに見せるようなものでないと思う。そう信じたい。

私の身体のことや交わりのことまで評価されていた。


残る『不可』のフォルダが怖《こわ》くて開けない。私の評価は大半『秀』『可』に分類され、何が残っているのか考えるのが怖い。

唇《くちびる》が乾《かわ》いて何度も舌で潤《うるお》した。

その時スマホが鳴って急に現実に戻された。

ただのメールマガジンなのだが、彼が先に戻ってから時間がかなり経っていることに気が付いた。

見るなら今しかない。でも、彼が私を見に来てもおかしくない。


意を決してフォルダをタップした。


この中身だけは他と違い、箇条書《かじょうが》きではなく長い文章が並んでいる。

心臓が破裂《はれつ》しそうに鼓動《こどう》する。スマホを握《にぎ》った左手の手首に浮《う》かぶ血管が脈打つのがつぶさに分かるほど激しく鼓動している。


出逢いから付き合うまでに一年も要してしまったこと。私の性格が付き合うに値するまでなかなか改善しなかったこと。

付き合ってから同棲するまで家事能力を高めるようにそれとなく仕向けたこと。それにも一年かかったこと。

結婚を決意するまでさらに一年要し、ようやくそこまでのレベルに達したことが事細かに記されていた。

不可の理由として私を自分好みに変わらせることに三年もかけてしまったことがつらつらと綴《つづ》られていた。


ついさっきまであんなに幸せに感じていた結婚や将来の暮らしがガラガラと崩れ落ちる。

彼は私の何が良かったのだろう。自分の好みになる女なら誰でも良かったのではないか？

結婚は自分の理想に近づいたから決めたのだろうか？

もしかして同時進行で他の人も彼の好みに近づけようとしていたのではないのか？

いろんな思いが湧《わ》き上がり、グルグルと暗い穴に落ちていくような感覚がして吐き気がこみあげてくる。

このまま彼の待つ部屋へ戻って知らん顔することはできそうにない。

少し車を走らせ気を落ち着かせよう。

「っ」

顔をあげて少し離《はな》れた場所に彼が立っていることに気付く。驚《おどろ》きのあまり悲鳴が出そうになってスマホを落としてしまった。


気付かれたのだろうか。とりあえずは知らないふりをしなければと激しく動揺《どうよう》する心のうちを隠《かく》そうと無理やり笑顔を作った。

少し窓を開け、

「ごめんね。もう大丈夫《だいじょうぶ》だから先行ってて」

車を降りる素振《そぶ》りを見せ、彼を遠ざけようとする。

彼はゆっくりこちらへ近づいてくる。

もう彼の顔から目を離すことはできなくなって、手探りで落ちたスマホを探す。あと数歩で彼がドアに届く。

隠さなくては。

焦《あせ》れば焦るほどスマホは手に触《ふ》れず、一瞬《いっしゅん》だけ俯《うつむ》き手に取った時には彼も運転席の真横にたどり着いていた。

ガチャリとドアが開けられる。


観念して背中側にすばやくスマホを隠した。


「心配になったから迎《むか》えに来たよ」

いつもの優しい笑顔の彼。気付かれていないことにホッとする。

「ごめんなさい。ちょっと一人で幸せを味わっていたの」

最初はそのつもりでいたけれど、今はどうやって彼をやり過ごそうかそればかりに気を取られる。

「僕の落とし物拾った?」

笑顔のまま彼が私に問いかける。

「落とし物って?」

「microSDがあったよね?」

笑顔はそのままなのに、彼は知らない人に見える。

怖い。

この人の本質が分からなくなった。


知らないとしらを切った。

彼は案外あっさりと諦《あきら》め、私の背中に手を回し普段と変わらない様子で部屋へ戻る。

私は自分のスマホから早くmicroSDを取り出すことばかり考えていた。

部屋に戻り、いつもと変わらぬように振る舞《ま》う。彼の視界に入らないようにそっとスカートの裾《すそ》から下着にスマホを忍《しの》ばせた。

ワンピースを着たことを後悔《こうかい》した。挨拶に行くからと小奇麗《こぎれい》に身なりを整えたばかりにポケットがない。

そのままお茶を入れてソファに腰《こし》を下ろした時に彼がおもむろに切り出した。

「やっぱり忘れ物探してくるよ」

言うが早いかキーを取り玄関へ向かう。


今しかチャンスがない。

玄関のドアが閉まるとすぐに下着からスマホを取り出し、microSDを抜《ぬ》いた。

抜いてそれをどうするか考え付かなかった。

とりあえずカバンにしまおうとした時にドアが開いた。


「やっぱり由香が持ってたんだね。中身も見たよね」


金縛《かなしば》りにあったように身体が動かなかった。

彼は私が持っていると最初から疑っていたのだ。

いつもの穏やかな口調で表情も柔《やわ》らかいままなのだけれど、それが余計に怖い。

「ごめんなさい」

なんと言うのが正解なのか判断できない。

「うーん。今のは不可かな」

「せっかくここまで三年も掛《か》けたのに。

最後の最後でやっぱり不可かな」

彼の言う不可とは何を指すのだろう。

「……不可……」

「僕もそろそろ適齢期《てきれいき》だし、三年経ってやっと大丈夫だと思ったんだけど」

「由香は不可だよ」

ゆっくりとこちらへ近づいてくる彼がもう別人にしか見えなくて、ガタガタ身体が震《ふる》え始める。

「いや。来ないで」

「アハハ。由香はもう不可だから用はないよ」

高らかに笑ったと思うと真顔になって、

「俺《おれ》の三年を無駄《むだ》にしやがって」

低い声で吐き捨てるように言った。

「また最初からやり直さないといけないのか……。由香は好みの顔だったから中身さえ変えれば大丈夫だと思ったのに。だから三年も頑張《がんば》った。それが全部無駄になった」

私を見ているのか、その後ろを見ているのか、座ったままの私を見下ろす彼の目はガラスみたいで私の何を見ているのか分からない。

「結局みんな由香と同じなんだよ」

そういうと彼は寝室《しんしつ》へ行き、すぐに小さな箱を持って戻ってきた。

「これ全部そうだよ」

箱の中に十枚くらいmicroSDが入っている。

中身は聞かずとも想像がつく。私と同じように昔の彼女が評価されているのだ。

「…………」

「女は僕と別れても別の男に簡単に乗り換《か》える。

上書き保存だからな」

ソファの周りを歩きながら彼が話し始め、恐《こわ》くて立つことも声を出すこともできない。

「由香もどうせ上書きできるだろう?

僕は……フォルダで保存するんだ。

完璧《かんぺき》な女に巡《めぐ》り会うまでね。

由香……本当に残念だよ。

君が秘密を覗《のぞ》くような女だったとはね。全く見抜けなかったよ。

これを見ないから安心していたんだよ。バカだった」

手の中の小さな箱を振るとmicroSDがカタカタ音を立てる。

彼が動くたび、身体がびくりと震える。

「あ……」
私の手から床《ゆか》へmicroSDが落ちた。
彼はそれを拾い上げると箱の中へしまった。
何か言わなければと思うのに、唇はこわばり喉《のど》はつまり何も声にならない。
「またフォルダを増やさなければいけなくなったな」
彼の言葉の意味が分かるようで分かりたくない。
彼の手の中でカタカタ音を立てるカードたち。
その一つ一つに同じようなデータが入っているのかと思うとぞっとする。
仕事のものだと思ったフォルダを開かなくて良かった。
「これはあくまでも携帯用だから。
もっと詳細《しょうさい》なデータはパソコンの中だよ。
由香は気付いてしまったから記念に由香以外のデータも見せてあげようか？
どうせ由香の更新《こうしん》が必要だからね」
咄嗟《とっさ》に首を左右に振って拒否《きょひ》をする。

我が身に起きたこともまだ受け入れられていないのに無理だ。

「そんなデータの保存なんてやめてよっ」

「……なら仕方ない」

彼はニッコリ笑って私に手を伸《の》ばした。

スローモーションに見えた動作でも私は伸ばされた両手の意味を考える暇《ひま》がなかった。

彼の手が私の首にかかる。

突然ギリギリ絞《し》め上げ始める。

「っ」

彼の指が首に食い込み、息ができない。

ソファから落ち、暴れながら彼の手を振りほどこうとしても力が弱まらず、だんだん意識が薄《うす》れ始める。

視界が紅く染まる。

紅い視界に彼の顔が見えた。

歯を食い縛り、唇の片側だけをあげて笑っているような気がした。

それもすぐに分からなくなり抵抗する力が出なくなってきた。

頭や目玉がジンジンする。

意識を失う寸前。

一瞬、力が弱まり脳に血が巡る。肺にも酸素が吸い込まれゲホゲホむせる。

首には手がかかったままだ。振り払《はら》おうとするとまたギリギリ絞め上げられ今度は抵抗できなくなった。


薄れ始める全て。

かろうじて機能している聴覚《ちょうかく》に彼の声が届いた。


「保存されるのが嫌《いや》みたいだから、由香ごと削除《さくじょ》することにしたよ」

［ ５分後に戦慄のラスト ］

Hand picked 5 minute short,
Literary gems to move and inspire you

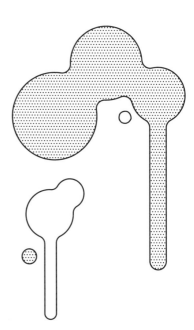

もし一億円あったら

ゆめ

「もし一億円あったらどうする?」

大学の近くのカフェで、アタシは親友のマリナと他愛もない世間話をしていた。

「一億円?」

「そう。ほらよく話すじゃない? もし○○だったら〜って話!」

「あぁ、宝くじとか?」

「そうそう」

カフェオレの入ったカップを持ち上げて、ふぅふぅと冷ましながら、アタシは続けた。

「アタシだったら、世界一周旅行に行きたいなー! もちろん好きな人と!」

すると、ミルクティーのカップに手をかけて、クルクルとスプーンを回しながらマリナが言った。

「リカ、好きな人いるの?」

「ブッ!!」

カフェオレのクリームが少し飛んだ。

「いないけど！　今はいないけどいつかはって話！　ほら、『もしも』って言ってるじゃない！」

テーブルに飛ばしたクリームを紙ナプキンで慌《あわ》てて拭《ふ》きながら訂正《ていせい》すると、マリナはニコリと微笑《ほほえ》んだ。

「ふふっ、そうよね。もし好きな人ができたら一番に教えるって約束だもんね」

「そうそう。で、マリナならどうする？」

「そうねぇ……私なら……」


「マリナ！」

マリナが考えながらカップに口をつけた時、マリナを呼ぶ男の声が聞こえた。

「あ、トシヤ～！」

こっちこっち！　と、マリナが男に手を振《ふ》ると、男はにこやかに笑いながらアタシ達のテーブルに座った。

「ごめん、待った？」

「うぅん、リカと待ってたから大丈夫《だいじょうぶ》よ」

「そっか。リカちゃん、マリナに付き合わせてごめんね」

「あ〜、なによその言い方！」

男の名前はトシヤ。

アタシたちの三歳《さい》年上の、マリナの婚約者《こんやくしゃ》だ。

「マリナと楽しくお話ししてたんで、全然大丈夫ですよ〜！　むしろトシヤさんが邪魔《じゃま》？　みたいな？」

「ふふっ、ホントよ！　ね〜、リカ！」


サラサラで艶々《つやつや》な黒髪《くろかみ》が光って、白い肌《はだ》にピンクの頬《ほほ》と唇《くちびる》が映える。柔《やわ》らかく細める目には適度にまつげが散らされ、通った鼻筋を軸《じく》に綺麗《きれい》な輪郭《りんかく》にそれらがキュッと収まったような、可愛いマリナ。

「えぇ〜！　それはひでぇな〜、一生懸命《けんめい》定時で上がってきたのに」

少し茶色の、毛先は遊ばせているのにそれを上品にまとめた髪。

それとは逆にキッチリとしているのに、決して窮屈《きゅうくつ》そうではないスーツ。

大きくはないけど、少し垂れた目は優しくて、口はいつも微笑んでいるトシヤさん。

とてもお似合いな二人は、いつもこんな風に笑いあっていた。

「で、何話してたの？」

「もしも一億円あったらどうする？　って話です」

「あぁ～！　よくあるよね、そういう話」

「リカは好きな人と世界一周旅行ですって！」

「へぇ～！　いいじゃゃん、貯めるよりやっぱパァ～っと楽しいことしたいよね」

トシヤさんはアタシの話に賛同してくれて、実際にはいくらかかるんだろぅ？　なんて、スマホで調べ始めた。

「あ！　てゆうか時間いいんですか？　パーティー行くんでしょ？」

「あっ、ヤバ！　マリナ、行こうか」

「ごめんねリカ、またね」

アタシが言った途端《とたん》にバタバタとしはじめた二人。

今日はマリナのお父さんが主催《しゅさい》するパーティーがあるそうで、二人で出席する予定だそうだ。


社長令嬢《れいじょう》のマリナ。

その会社の専務の息子のトシヤさん。


半ばお見合いみたいな状況《じょうきょう》で知り合った二人はすぐに惹《ひ》かれ合い、トシヤさんは入り婿《むこ》になる予定だ。

お金持ちで綺麗で可愛いマリナ。もちろんそれを鼻にかけない素直な性格で、みんなから好かれている。

その上、あんなにカッコイイ婚約者がいるなんて。

アタシなんて平凡《へいぼん》な……ただの一般《いっぱん》家庭の子供で、容姿も悪くはないけど良くもなく、どこにでもいるような素朴《そぼく》な女子なのに……。

神様は不公平だ。

「……一億円くらい、くれたっていいのに」

見たこともない神様に愚痴《ぐち》をこぼすと、カバンの中のスマホが震《ふる》えた。

新着メール「トシヤ」

あれ？　と思いながらメールを開く。

『パーティー来週だったって。マリナを送ったらいつものところで待っててね♥』


嘘《うそ》！

今日は絶対に会えないと思ってたのに。

アタシはソワソワしながら返信した。

『うれしい！　待ってるね♥』

神様は不公平だ。

マリナはあんなに持っているのに、アタシは何も持ってない。

だから、マリナのもってるものをほんのチョット貰《もら》う。

ほんのチョット。ほんのチョットだから。

それくらい、いいよね？

だって欲しくて堪《たま》らないんだから。

スマホをカバンに仕《し》舞《ま》い、アタシは早足でいつもの待ち合わせ場所へ向かった。


「一億円……あったら、かぁ……」

「ん……何？」

フカフカなベッドの上で、アタシは余《よ》韻《いん》に浸《ひた》りながら。

トシヤはタバコに火を点けながら、ピロートークを始めた。

「今日マリナと、話してたの」

「あぁ、一億円ね」

「もし一億円あったら、アタシ、トシヤを買いたい」

「プッ……かわいいこと言うじゃん」

トシヤは垂れた目尻を更《さら》に下げて言った。

その言葉に少しムッとしてしまったけど、トシヤのその顔が、すごく好きだと思った。

「ねぇ、もしかしてマリナって一億くらい持ってる?」

社長令嬢だし、それくらい貯金があるかもしれない。

何十階もある大きな会社の社長の一人娘《むすめ》。アタシには想像もつかない世界に、マリナはずっと生きている。

タバコの煙《けむり》を吐《は》いて、トシヤは言った。

「かもなぁ。ま、いずれは社長の財産を受け継《つ》ぐんだから、一億なんてきっと小さな額だよ」

「……そうなんだ……」

あまりに自分とはかけ離《はな》れた話に呆然《ぼうぜん》とするアタシを、トシヤは抱《だ》き寄せた。

「俺《おれ》もホントはリカちゃんみたいな普通《ふつう》の子と結婚したかったなぁ〜！」

頭をグリグリとつけて、でもその言葉が本気じゃないことはちゃんと分かっている。

「ふふっ。でもマリナはすごくいい子でしょ？　絶対に幸せにしてあげてね」

マリナを裏切っているという気持ちはもちろんある。

だけど、これはマリナとトシヤが結婚することで終わる関係。

でも、どんどん深みにハマっていくアタシ。

罪悪感と背徳感と、全てを持っているマリナからトシヤを奪《うば》っているという、優《ゆう》越感《えつかん》。


ホテルを出て、アタシとトシヤは腕《うで》を組んで路地裏を歩いた。

横を見上げれば、造りの良い横顔。

トシヤはアタシの視線に気づいて、アタシのほうを向いた。

「ん？」

「……なんでもない」

二人が結婚するのは一年後。

マリナの卒業と同時に二人は籍《せき》を入れるらしい。

と言うことは、アタシがトシヤと一緒《いっしょ》にいられるのもあと一年と言うことだ。

それを思うと、急に胸が締《し》め付けられた。

「ねぇ、トシヤはもし一億円あったらどうする？」

「え？　俺かぁ……う〜ん……」


『リカと世界一周旅行に行く』


嘘《うそ》でもいい。

嘘でもいいから、トシヤがそう言わないかなと思った。

「俺なら……」

その時……。

「ぎゃあぁあっ!!」

「きゃあ!!」

トシヤの体が揺《ゆ》れたと思ったら、トシヤが悲鳴を上げ、その場に崩《くず》れ落ちた。

「トシヤ!? どうしたの……」

一瞬《いっしゅん》のことでわからなかったけど、アタシ達のすぐ後ろに気配を感じた。

「…………っ！ ……っ!!」

悲鳴は声にならず荒《あら》く息を吐くだけで、この事態を周囲に知らせる術にはならなかった。

アタシ達の後ろにいたモノ。

上下の服、帽子《ぼうし》、靴《くつ》、手袋《てぶくろ》。

すべてのものが黒で統一され、右手に握《にぎ》った大きなナイフだけがトシヤの血に汚《よご》され、鈍《にぶ》く銀色に光っていた。

「……あ、……やっ……！」

やっと絞《しぼ》り出した声も虚《むな》しく、夜の闇《やみ》に溶《と》けていった。

「リカ……っ逃《に》げ……」

「！　……トシヤっ！　大丈夫？」

「早く……逃げろ……」

トシヤに目を向けていた一瞬で、黒ずくめの男はそこから消えた。

「でもっ……あ！　救急車……っ」

「待て！　……救急車は……俺が呼ぶ……」

「なんで？　トシヤ……」

「マリナに……バレる……」

……そうだ。

アタシ達の関係は、マリナにバレてはいけない。

アタシが救急車を呼んで一緒に病院に行ってしまえば大変なことになる。

トシヤは婚約解消され、クビになるかもしれない。

そうなればトシヤのお父さんだって会社での地位を失って、その先はどうなるかわからない。

アタシだって、もう二度とマリナとは会えなくなるだろう……。

「でも……っトシヤ、トシヤぁ！」

「大丈夫だから……早く……行けっ！」


「……トシヤ、大好きだよっ！」

そう言い残し、アタシは裏路地を走った。

――怖《こわ》い。

あの黒ずくめの男はまだ近くにいるのだろうか。

トシヤは助かるだろうか。

怖い。怖い。

あんなにたくさん血が出てた。なんでトシヤが？

なんで……なんで……。

アタシは振り返ることもできず、ひたすら細い道を走った。

この先の角を曲がれば、大通りだ。

あと少し……あと少し。

アタシの走る足音と、心臓の音しか聞こえない。

あと少し……。


「ふぐっ……!?」

走っていたはずのアタシはどこから出てきたのか分からない黒ずくめの男に捕《つか》まり、狭《せま》い路地に引き込《こ》まれた。

アタシは口を押《お》さえられ、壁《かべ》に押し付けられた。

「……っ、……っ!」

深く被《かぶ》ったニット帽で顔がよく分からない。

そのせいで露出《ろしゅつ》した口元だけが鮮明《せんめい》に見え、男が笑っているのがよくわかった。

「見たな?」

「……っ！　……ふぅ～！　うぅ～！」

低く気持ちの悪い声で男がそう言うと、いきなり顔を殴《なぐ》られた。

「……っ‼　うぅ……！」

痛い……。

男は何度か殴った後、アタシを後ろ向きにした。

「チッ……歯は折れなかったか。まぁいい……」

カチャカチャと何かが外される音がして、男がアタシの腰《こし》に手をかけた。

まさか……。

「……ん～！　ん～！」

「うるせぇ。お前も刺《さ》すぞ？」

刺す……。

真っ黒な闇の中、銀色に光るナイフとトシヤの血の赤を思い出した。

アタシは男に乱暴された。

救急車のサイレンが聞こえ、その後すぐにパトカーのサイレンが聞こえた。
その場に座り込んでいたアタシは、慌てて走って逃げた。
フラフラになりながら、アタシはようやく自分のアパートに帰った。
シャワーを浴びながら、何度も何度も体を洗い、男の言葉を思い出した。
『警察に行ってもいいが……調べられたら、お前とあの男の関係もバレるなぁ？』
『……っ!?』
『少しでもあの男の体液……残ってるだろ？』
あの黒ずくめの男の、笑ったあの口元が頭から離れない。
「……っ、……ふっ……トシヤぁ……っ」
なんで……なんでアタシが……。
トシヤは大丈夫だろうか。
アタシは大丈夫なんだろうか。
数分の間に起きたことに心も体も悲鳴をあげていた。
鏡を見れば、腫《は》れ上がった顔。

アタシは暫《しばら》く大学を休んだ。

「リカ！　こっちこっち！」

アタシは三週間振りに大学へ行った。外へ出ることがとても怖かったけど、震える足でゆっくり大学へ来た。

休んでいる間はマリナから何度も着信とメールがあった。

内容は、トシヤが通り魔に刺され、搬送《はんそう》された病院で亡くなったということと、まだ犯人は捕まっていないこと。

その次は、なかなか大学に出てこないアタシを心配する内容だった。

「リカ、体はもう大丈夫なの？」

「あ……うん！　思ったより風邪が長引いちゃって！」

あの夜のことはマリナには言えない。

だからアタシが三週間も休んだのは、ホントは精神的ショックと、顔の腫れと痕《あと》が消えるのを待っていたせいだとも言えない。

「トシヤさんのこと……アタシ、何て言ったらいいか……」

お昼時の騒《さわ》がしい食堂で、アタシはマリナの顔を見られずに消え入りそうな声で言った。


「もし一億円あったら……」

「……え？」

チラリと目線をマリナへ向けると、マリナはこちらを見ずに言った。

「前に話してたじゃない？　もし一億円あったら……私、探偵《たんてい》を雇《やと》うわ」

「マリナ……？」

「探偵って、依頼《いらい》すると結構高額なのよ。探偵を雇って、トシヤを奪った人を探して貰って、確実な証拠《しょうこ》を見つけて貰うの」

騒がしい食堂。

その筈《はず》なのに、こちらを向かないマリナの声は、やけにアタシの耳に通った。

「そしてね、社会的制裁を与《あた》えるよりも、もっと苦しい思いや悲しみを味わってもらうの」

「………」

ごめん。マリナ。

それほどまで愛してたトシヤさんを見捨てて、助けも呼ばずにアタシは逃げた。

マリナの深い愛情と悲しみを知って、自分が犯してしまった過ちに今更気づいてしまった。

なにが、ほんのチョットだけ？

親友の婚約者と関係を持って優越感に浸っていた自分が酷《ひど》く愚かに思えた。

アタシは罰《ばち》が当たったんだ……。

「社会的制裁以外の苦しみってなにかしら？　うーん、そうねぇ……」

顎《あご》に人差し指を添えて、マリナは考え出した。

婚約者を亡くしたばかりなのに気丈に振る舞うマリナに胸が痛んだ。

「……マリナ、あの……」

アタシは何を言おうとしているのか……。

罪の意識に潰《つぶ》されそうになり、トシヤとのことを謝ってしまいたい。

でもそんなことできない。

マリナを余計に悲しませてしまう。

どうしようもできないジレンマに苦しめられマリナを見ると、マリナはピンクの唇の端を上げて言った。

「その人の目の前で、その人の好きな人を殺すっていうのはどうかしら?」

――『好きな人を殺すっていうのはどうかしら?』

マリナの綺麗な声が、あの夜を鮮明にフラッシュバックさせた。

「……え? マリナ?」

黒ずくめの男。

銀に光る赤いナイフ。

トシヤの叫《さけ》び声。

ニヤリと歪《ゆが》む口から出る気持ちの悪い声。

『……残ってるだろ？』


イヤ！！！！！！！！


「目の前で殺されるなんて、どんな気持ちかしら？　ふふっ。あぁでも、それだけじゃあ足りないわね。自分も殺されるかもしれないと恐怖《きょうふ》の中逃げて、あと少しって所で捕まるの」

やめて……やめて、マリナ。

「捕まえた後はどうしようかしら？　きっと怖くて堪らないわよね？」

マリナ、やめて。やめてよ……。

「心に傷をつけた後は体にも傷をつけてもらおうかしら。頭は強く打ったら死んじゃうし、やっぱり顔がいいかしら？　酷く痣《あざ》が残るくらい……歯が折れてもいいわね？　永久歯はもう生えないもの。あとは……自分が病気になるかもしれない恐怖とか、ね？」

どこか焦点《しょうてん》のあっていない目で、マリナはアタシを見つめた。

「……どうしたの？　リカ」

酷く冷たい汗《あせ》がこめかみを伝ってポタリと落ちた。

「ごめんなさい、ちょっと怖かったかしら？」

マリナは可愛く綺麗な顔でニコリと笑った。

「マリナ……まさか……」

あり得ない。だってマリナは親友で、可愛くて綺麗で優しくてみんなに好かれてて。

「やぁね、リカ。ほら、『もしも』って言ってるじゃない！」

素敵な婚約シャもいて羨《うらや》ましくて。

マリナあり得ないアリえないあり得ナイ……。

「マリナ、一億円持ってテル？」

アリえなイデショ?

綺麗で可愛いマリナのピンクの唇が言った。

「ふふ、……持ってたわよ?」

［ 5分後に戦慄のラスト ］

Hand picked 5 minute short,
Literary gems to move and inspire you

ストックホルム症候群《しょうこうぐん》

雪宮朔也

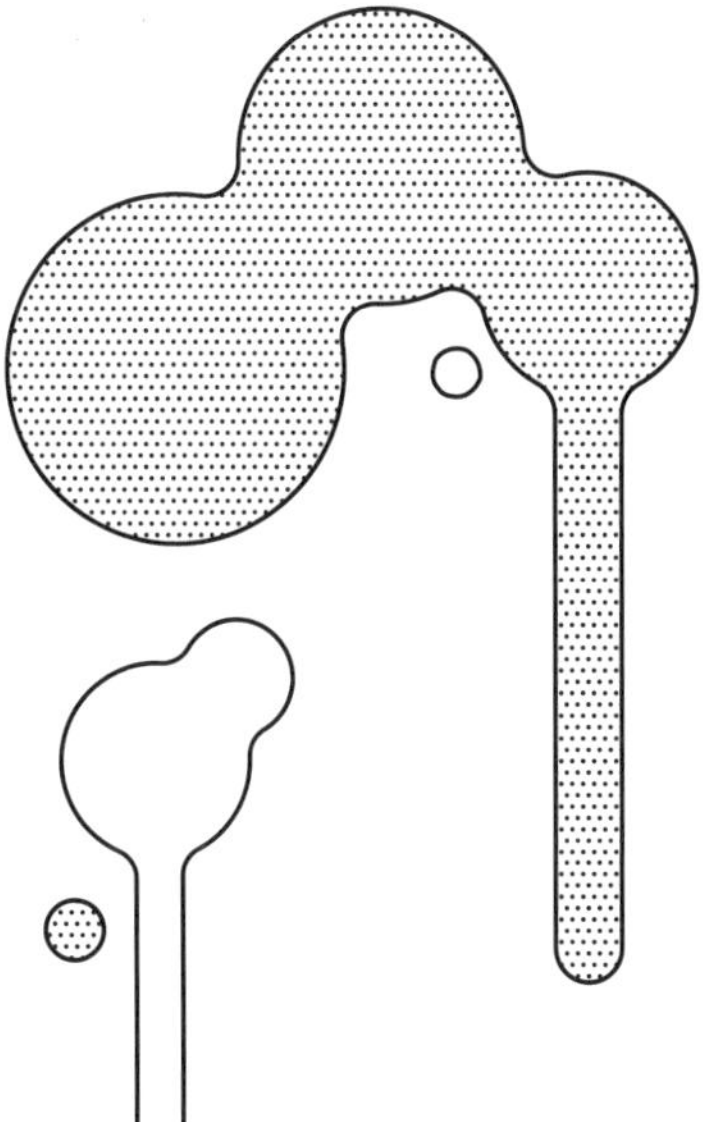

――もう駄目《だめ》だ。

俺《おれ》はそう呟《つぶや》きながらなけなしの金で買った煙草《たばこ》を吸う。そして鬱《うつ》な気持ちを吐《は》き出すかのように肺に含《ふく》んだ煙を一気に口から出す。だが、そんなことをしても全く俺の気持ちは晴れることはない。

どうしてこうなったんだ。俺の何が悪かったんだ。騙《だま》される側の人間が全て悪いのか。世の中は腐《くさ》ってやがる。もう嫌《いや》だ。ふざけるなと、畜生《ちくしょう》と、怒《いか》りと負の感情が俺の心を支配して行った。

「馬鹿《ばか》な男が女に騙されたんだ……だったら男が馬鹿な女を騙してやる」

覚悟《かくご》は決めた。十七年働いてた仕事もクビになった。もう失う物はない。

そもそも三十五歳《さい》で仕事をクビになってその先に未来はあるのか？　いや、そんなものはない。あると言える奴《やつ》がいたら、そいつこそ本当の馬鹿だと俺は思う。両親も既《すで》に他界していて実の兄貴にも見放された。金だってもう小銭程度しかない。

耳を澄《す》まさなくてもうるさいぐらいの通行している人間を見下すように眺《なが》め、ターゲットを決める。狙《ねら》い目は十代後半ぐらいの女だな。二十代になると余計な知識をもっていやがるし、十歳以下は論外だ。俺、ロリコンじゃねぇし。

……いや、三十五歳の俺がターゲットを十代の女にする。これも実はロリコンになるんじゃね？　と、考えがよぎったがすぐに頭を振《ふ》り、違《ちが》うと否定した。たまたまターゲットにしやすいのが十代後半なんだ、他意はない。まぁ、若い女が好みじゃないのかと問われれば肯定《こうてい》することもやぶさかではないけど。

あー、どっかに上玉はいないかね。きっと今の俺の目は犯罪者そのものだろうな。すぐさま目の色を変えた。所謂《いわゆる》営業モードである。社畜《しゃちく》だった俺が身に付けさせられた切り替《か》え能力だ。社畜だったことが懐《なつ》かしい。今思えば社畜時代も悪くなかったかも知れない。

喉元《のどもと》過ぎれば熱さを忘れるって奴か。……いや、意味が違うか。

残り最後の煙草を手にしようとした瞬間《しゅんかん》、俺の目線が離《はな》せなくなった。いた。ターゲットはあの女以外考えられない。その女は十八ぐらいで、身長は百六十あるかないか、容姿は優れているスレンダータイプの女だった。その女に決めた理由は俺が騙された女にどこか似ているから、だから復讐《ふくしゅう》の相手にはもってこいの相手だ。

「――あれがストックホルム症候群にさせるターゲットだ」


ターゲットを尾行《びこう》しながら携帯《けいたい》で再度ストックホルム症候群のことを調べなおす。

俺は犯罪のことを調べている内にストックホルム症候群というのを知った。何でも精神医学用語のひとつで、誘拐《ゆうかい》事件や監禁《かんきん》事件などの被害者《ひがいしゃ》が、犯人と長時間閉《へい》鎖《さ》的な空間で過ごすような場合、犯人に対して同情や好意、連帯意識などの依存《いぞん》的な感情を抱《いだ》くようになることを指すらしい。携帯でブックマークしたページで再度確認した。

自分が殺されるかもしれないという極度の恐怖《きょうふ》に追い込《こ》まれた状況《じょうきょう》で、犯人に水や食糧《しょくりょう》を与《あた》えられたりトイレに行くことを許されたりすると人質はその行為《こうい》に感謝の念を抱いて犯人に好意的な印象を持つらしい。何というか洗脳に近い気がするな。

「うーむ、何だか心が痛むが仕方ない。……やるしかないんだ」

怨《うら》むなら俺を騙した元カノを恨《うら》んでくれよ。いかんいかん、そんな甘《あま》い考えが駄目だな。俺はこれから犯罪を行うんだ。自身に罪はないとか恨まないでくれとかおこがましいにも程がある。

ターゲットの女を尾行していると住んでいるアパートに辿《たど》り着く。少し意外であった。十八か十九才くらいで独り暮らしをしているのか。しかもマンションとかではなく、少し年季の入った古いアパートに住んでいるということは貧乏《びんぼう》暮らしをしているということであろう。俺が騙された元カノと違って凄《すご》く好感が持てるな。


「――よし、やるか」


人は自分の住む家の鍵《かぎ》を開けて、部屋の中に入った瞬間が一番油断する。やっと居心地が良い自分だけの空間に辿り着けたのだから当然といえば当然。俺は音を立てずに足を速める。鍵を入れ、回す、そして扉《とびら》を開け中に――入った。

「ごめん。少し邪魔《じゃま》するね?・」

ドアを閉めようとする瞬間に身体を強引にドアに捻《ね》じ込み笑顔で話しかけながら

侵入《しんにゅう》する。

「え？　な、何をす――」

もし俺が笑顔でなく凶悪《きょうあく》な表情であればターゲットはすぐに悲鳴を上げるだろう。

しかし、相手が優しそうな笑顔で邪魔すると言われたらどうであろうか？　敵意があるのか。何かの販売員《はんばいいん》であろうか。と、混乱して数秒間硬直《こうちょく》する。その一瞬で十分だ。

「本当にごめんね。こんなことしたくないんだけど……静かにしてくれるかな？」

ドアを閉めようとしたのに開けられてターゲットの身体は必然的にこっちに向く。

なので俺は右手で軽くターゲットの首を絞《し》めた。

「っ！」

ただでさえ混乱している者が首を絞められることで、更《さら》に混乱する。しかし、思考が二秒程で正常に働き抵抗《ていこう》しようとするだろう。だが、俺は左手に持っている火の点いたままの煙草をターゲットの左目に近付ける。

「あれ？　今回の標的は随分《ずいぶん》と可愛いな。ボスには勿体《もったい》ないな」

この台詞《せりふ》を吐くことで俺にはボスがいることと、ボスに献上《けんじょう》されるためにこのような恐怖に直面しているのだと情報を与える。恐怖を与えられながらの情報はなかなか拭《ぬぐ》えない。自らの首に手を掛《か》けられて、眼の近くに火の点いたままの煙草。この二つの恐怖は簡単に拭えるものではない。

「静かにしてくれればこれ以上危害を加えるつもりはないよ。部屋に入れてくれるかな？　もし、入れてくれるなら右目で二回連続瞬きして」

「……っ！」

ターゲットは三秒程硬直した後に右目で二回瞬きをする。よし、成功だ。思考を働かせて自分の意志で決めたのだとターゲットは思っているだろう。しかし、それは間違いだ。俺は思考や論理を司る左脳に近い左目に煙草を近付けることにより、相手の思考を鈍《にぶ》らせ洗脳に近いことをしたのだ。

「ごめんね。暫《しばら》く邪魔させてもらうよ」

突《つ》き付けていた煙草を自分の口に持っていきながら、首を絞める力を弱める。正直首を絞めていた右手に力は入れていなかったのだが、首とは最も敏感《びんかん》な部分なので微弱《びじゃく》でも力を緩《ゆる》めても絞められているのだと判断できる。煙草を捨てずに自分の口に運んだ理由は、自分に当てられた凶器――または恐怖の元はまだ消えないで相手が持っているのだと思わせるため。そして少しでも抵抗すると自分の眼球が潰《つぶ》れてしまうのだと思わせるためである。

「本当にごめんね。……左目大丈夫《だいじょうぶ》だったかい？」

左手でドアを閉め、施錠《せじょう》する。もちろん相手から眼を離さずにだ。優しげに心から心配している表情に変えて台詞を吐く。俺は不意に首に掛けた右手を離した。そして態《わざ》と相手の顔に近づけるようにゆっくりと開いたままの右手を移動させる。

「……っ」

相手は怖くなり眼を瞑《つぶ》る。まぁ、当然だな。そうなるようにわざとしたわけだし。

「怖かったよね？　本当にごめんね」

俺は優しく相手の髪《かみ》を撫《な》でる。そう、優しくだ。

「……え？」

怖かったことを言い聞かせるように「怖かったよね」と呟く。自分は怖かったのだと更に自分に言い聞かせさせるためだ。もうほとんど洗脳だな、これ。

そして言うことを聞いてくれてありがとう、命令を聞いてくれてありがとうと言う気持ちを込めるように髪を撫でる。少なくとも幼少の頃《ころ》に良いことをしたら頭を撫でてくれた者がいる筈《はず》だ。その記憶《きおく》を利用して自分は良いことをしたのだと思わせる。もしなかったとしても、自分は怖かったのだと脳に刻み込んだ後に子供をあやすように撫でることによって褒美《ほうび》を与える。飴《あめ》と鞭《むち》のような原理だ。

「本当にボスには勿体ないな。……ボスに引き渡したら間違いなく壊《こわ》されるしなぁ」

独り言のように呟く。ボスという存在は恐ろしいことと、引き渡されたら壊されるという情報を与えるためだ。身体を壊されるのか、精神を壊されるかは言わない。これは相手に考えさせるためである。考えることによって「まさか。いや、もしかして」と際限の無い怖い想像をさせた。

そうすることによりボスという存在に引き渡《わた》されたくないという考えに辿り着く。相手に命令されたのではなく、自分で考えて決めたのだ。この違いは大きい。自分で決めたことはやすやすと覆《くつがえ》ることはないからだ。

「でも、ボスに渡さないと俺が殺されるからなぁ」

「……!? お、お願いします。ボスって人には渡さないで――」

よし、懇願《こんがん》してきた。でも俺の答えは既に決まっている。

「あれ、独り言を聞かれたかな? でも、ごめんね。それはできない」

「っ!」

俺は即答《そくとう》して、相手に繰《く》り返し絶望と恐怖を与えた。これで主導権は完全にこっちの物だな。まさかこんなに簡単に主導権を握《にぎ》れるとは思いもしなかったよ。人間の心理って怖いな、本当。

「でも、すぐには渡さないから……さ」

自分はボスに渡すのをためらっているのだと錯覚《さっかく》させるために苦悶《くもん》の表情を演じる。これで相手はもしかして行動次第で渡されないかもと考えるだろう。こんな風に元カノに抵抗できたらよかったのに。恋愛《れんあい》では好きになったほうが負けだな。簡単に思考を制限されてしまう。

「あ、逃《に》げないでくれよ? もし、逃げたら――何が何でも見つけて慈悲《じひ》なくボスに引き渡すからね」

無表情で伝える。一番怖い表情は無表情なのだ。

「っ！」

相手は無言で何度も頷《うなず》いた。俺の最初に捕《とら》えた動きからして抵抗しても無駄、そして仮に抵抗したら直ぐにボスという存在に引き渡される——きっと相手は、この二択《にたく》の考えが頭に過ぎったたろう。人間は利口な生き物で保身をしてしまう生き物だ。この場合なら前者を取るだろう。

「……本当はこんなことをしたくないんだけどね。ボスに反抗したら俺も、人質にされている妹も殺されちゃうからさ」

俺は悪い人だけど悪い人じゃない。人質がいるからこのような犯行をしているのだと思わせた。完全な悪役では相手をコントロールするのには時間が掛かってしまうらしい。しかし、このように悪役だけど悪役ではないと思わせることによって短時間で相手を制圧することができる。

後は簡単だ。監禁して相手が限界の空腹になるまで食糧は与えず、そして同時に風呂《ふろ》に入っていない身体を洗ってやる。たったこれだけである。

「取り敢《あ》えず、この睡眠薬《すいみんやく》を飲んでくれるかな？　場所を移動させるだけだからさ」

「……眠らせてからボスって人の場所に連れて行くつもりですか？」

成る程、当然の考え方だな。けど――。

「それはしないよ。そもそも、それだったらこんな風に聞かないだろう？　暴行して気絶させてから連れて行くしね。……そっちのほうが良かったかな？」

「……っ」

「それとも無理矢理飲まされるかい？　結構辛《つら》いよ？　鼻を塞《ふさ》がれ睡眠薬と水を強引に口に入れて、無理矢理に口を閉じさせられる。経験したことあるけどお勧《すす》めはしないよ」

「わ、わかりました。……じ、自分で飲みます」

「それが良いよ。俺も無理矢理はしたくないし」

具体例で説明することにより選択肢《せんたくし》を選んでいるように思わせる。これも洗脳の一種だ。粉末状の睡眠薬と小さな水が入っているペットボトルを手渡す。そして必ずきちんと飲んだことを確認する。カプセル型では口内に隠《かく》すこともできるから粉末が良い。

「っ!」

「あ、睡眠薬って苦いよね。大丈夫かい?」

「だ、大丈夫です」

自分も睡眠薬を飲んだ経験者という情報も与えておく。勿論相手との共通点を作るためだ。服用してから相手を縛《しば》らずに簡単な世間話から会話を始め、所々架空《かくう》で作った妹との共通点があると認識させた。

次第に相手はうつらうつらと身体が揺《ゆ》れてきた。どうやら睡眠薬が効いてきたようだ。

「眠たくなってきたかい? 次に眼が覚めた時は身体が少し不自由になっちゃうけど……ごめんね」

精神がぼんやりとしているときに伝える。それ以外のときに伝えると抵抗しようとする意志が働き、余計な考えを持たせてしまうのだ。だからこの瞬間に伝えるのがベストであった。

「……は…………い」

――よし、成功だ。

ターゲットが寝《ね》たことを確認するために瞼《まぶた》を慎重《しんちょう》に開ける。……どうやら本当に寝ているようだ。眼球が動いていないことを確認した俺は、次の計画に移行する。

「一応ガムテープで口を塞いで手足を縛っておくか」

車をここまで運ぶために少しの間、手袋《てぶくろ》をはめて相手を拘束《こうそく》して風呂場に移動させた。そして携帯電話を探し貰《もら》っておく。拘束したのは仮に睡眠薬の効果が切れて起きてしまった時の保険用だ。風呂場であれば声を出しても気付かれにくいし、身体を少し動かしても音を立てる物がない。

「念には念を……ってな」

運んでいる最中欲望に駆《か》り立てられたが我慢《がまん》した。起きた時に服装が乱れていては相手の警戒心《けいかいしん》を増幅《ぞうふく》させてしまう。我慢だ、我慢するんだ、俺！

欲求に耐《た》えた俺はこの部屋の鍵を拝借《はいしゃく》して部屋を施錠して出た。時刻は二十三時で平日であったため人気《ひとけ》は少ない。なかなか良い状況だな。すぐに車を近くに停めて部屋に戻《もど》った。

「起きては……いないか」

抵抗した痕跡《こんせき》もない。ぐっすりと寝ている。

「さてさて運ぶとしますか」

拘束を解き、相手の腕《うで》を拝借して自分の肩《かた》に回すようにして部屋を出て施錠をする。

「おいおい飲み過ぎたのか？　おーい、大丈夫かー？」

周りに拉致《らち》と思われぬように小芝居《こしばい》をしながら運ぶ。これで怪《あや》しまれることは少ない筈だ。俺は自分の車まで辿り着き相手を助手席に乗せシートベルトを掛ける。遠出するために燃料は満タンにしてあるので途中《とちゅう》で降りることはない。三時間程が経過して自分の住んでいる田舎に辿り着いた。夜の二時ぐらいなので人はほとんど見ないが同じ小芝居をしながら降ろした。

慣れた手つきで自分が住んでいるアパートの部屋を解錠して中に入り施錠をする。まだ油断はできないが計画の半分以上は成功した。

「後は椅子《いす》に座らせて手足を拘束するか」

木材でできている肘《ひじ》掛け付きの四脚《よんきゃく》椅子に彼女《かのじょ》を座らせる。右手、左手の手首にハンドタオルを軽く巻き、肘掛けに乗せてガムテープを五周程巻き付けて、その上から縄《なわ》で縛る。同じ要領で両足も椅子に固定した。

あー、座る部分にクッションも置いておこっと。流石《さすが》にないと痛いだろうし。座布団だと微妙《びみょう》そうだし、クッションが良いだろう。多分。

「本当に元カノに似ている……な。でも、俺的にはこの子のほうが好みだな」

朝の七時を過ぎたころに彼女は眼を覚ました。当然だが、一切の身動きが取れないので驚《おどろ》きが隠せないらしい。目覚めて直ぐは思考が鈍り、数分程が経過してから今迄《いままで》の出来事を思い出したようだ。

「……あの、ここはどこですか?」

「ん？　ここは田舎だよ。詳《くわ》しくは言えないけどね」

彼女の手足を拘束しているが口は塞いでいないので俺に話しかけてきた。悲鳴を上げないことを考えると利口な思考の持ち主らしい。まぁ、最後に水を飲んだ時から八時間程経過し、更に寝起きで喉《かわ》が渇いている筈なので叫《さけ》びたくても叫べない可能性もあるけど。

「わ、私はどうなるんですか……？」

「ボスの命令には逆らえないから引き渡すよ」

「――っ！」

俺から「助けてあげる」等という救いの言葉は言わない。俺から言っては意味がないのだ。相手の口から「助けて欲しい」と言わせなくてはいけない。相手が懇願してくるのをじっと待つんだ。

「じゃあ俺はボスに連絡《れんらく》してくるから待っててね」

俺はジーンズの右ポケットから携帯を取り出し、操作している振りをした。

「ま、待って下さい！」

「何かな？」

「お願いします。助けて……下さい」

彼女は声が震《ふる》えている。きっと彼女は自分が想像した「架空のボス」が恐ろしい存在なのだと思っているのだろう。……ボスなんて存在しないのに。

「……助けて」

「……そうしたいんだけどね。でも、君を助けたら妹が殺される」

「そ、それは……。お願いします……助けて下さい」

「うーん、正直言うと……さ。君に一目ぼれしちゃったんだよね」

相手の目線から目を逸《そ》らし、携帯を持ちながら自らの頬《ほほ》を軽く掻《か》く。

「君の住んでいるアパートからして、かなり生活に苦労しているんだろう？　どんな事情かはわからないけどさ。苦労しながらも雑談しているときに少しだけ見せてくれた笑顔に惚《ほ》れたんだ。この人はきっと辛いのに前を向いて頑張《がんば》っているんだと思ったら、ますます君に惹《ひ》かれた」

「……」

視線は逸らしたままだ。彼女が次の台詞を吐こうとした瞬間を見逃さない。

「……あ、あの――」

「っと、ボスから着信が来た」

自分が持っている携帯の画面を相手に見せて確認させる。画面には「ボス」と名前が表示され、シンプルな着信音がずっと鳴り響《ひび》いていた。これで自分には時間がないと思わせる。

焦《あせ》るだろうな。口にしようとした瞬間に恐怖の対象であるボスから電話が来たんだ。まぁ、これは単純なトリックだったんだけどね。俺は右手に携帯を持ち、左手はずっとポケットに入れたままであった。左ポケットにはマナーモードで通話音を最小に設定したプリペイド携帯が入っていて、ワンタッチで俺の携帯に電話できるようにしていただけ。

彼女が喋《しゃべ》ろうとした瞬間を見計らい早めにボタンを押《お》して着信させた。こんな単純な方法だが意外にも効果はあったようだな。後は俺の演技力次第だ。

「わ、私、何でもしますから！」

「……!?　いや、でも――」

「お願いしますっ!!」

「……」

葛藤《かっとう》しているように見せた。そして俺は無言で通話ボタンを押して、ボスと会話するために彼女がいる部屋から抜《ぬ》け出す。これで彼女は更に不安がる筈だ。五分程経過してから部屋に戻る。

――音もなく、薄暗《うすぐら》い狭《せま》い部屋で不安を抱えながらの五分間は堪《こた》えるだろうな。

「……ボスから三日だけ猶予《ゆうよ》を貰った」

この台詞だけ残して彼女の返答を待たずに再度部屋を出る。全ては計画通りだ。次は一日経過してから様子を窺《うかが》い、水だけ飲ませる。それから半日で食糧を食べさせる。勿論この間トイレは行かせない。必然的に彼女は粗相《そそう》をしているので二日目にお茶を彼女の下半身に掛ける。

――そして滞《とどこお》りなく三日目に突入した。

もう既に精神が参っているだろう。無理もない。最終段階は相手に感謝の言葉を出させることである。水を飲ませてくれてありがとう。食糧を食べさせてくれてありがとう等だ。自分のためにしてくれたと感謝させて、初めてストックホルム症候群が完成する。

「今日は何かしてほしいことはあるか？」

「……身体を、清めたい……です」

「わかった」

俺は彼女の拘束を全て外す。三日間筋肉を使っていないせいと心身ともにぼろぼろであったため、自分で立つことができないらしい。これも想定内だ。彼女を横抱き——つまりはお姫様《ひめさま》抱っこで風呂場まで運ぶ。

「……あ。あ、ありがとう」

耳元で微かであったが礼を言われた。普通《ふつう》であれば感謝等される筈がないのに。やはりこの「ストックホルム症候群」の効果は凄い。心理学で相手を巧《たく》みに操ることができるなんて犯罪に持ってこいの技法だ。

「一人で洗えるか？」

「す、すみません……。腕が上がらなくて、その、お願い……できますか？」

「ああ、それくらい問題ない」

「……ありがとうございます」

彼女は俺に頼《たの》むことが申し訳ないと思っている。これは仕草で判断できた。そして俺は彼女の頼みごとを快く聞き入れることにより感謝される。もう彼女の中で俺は信頼や愛情の対象になっているのかもしれないな。

不思議なものだ。人間の心理ってのは面白くもあるし、恐ろしいものでもある。

「あ、あの――」

俺が彼女を洗いながら思考に耽《ふけ》っていると、突然彼女に話しかけられた。

「どうした？」

「私と愛し合ってくれませんか……？　貴方のために何かしたいんです」

どうやら「ストックホルム症候群」によって俺に愛情が芽生えていたようだ。俺は何も考えずに彼女を抱きしめ愛し合う。しばらくの間、お互《たが》い愛を噛《か》み締《し》めていると再び彼女が俺にお願いしてきた。

「あの、雰囲気《ふんいき》がしらけてしまいますが私のお願いを聞いてくれますか？」

「何だい？」

彼女が何を言うのか俺には皆目《かいもく》見当がつかない。

「じ、実は私……互いの首を絞めながら愛し合うのが……す、好きなんです」

こいつは驚いた。嗜好《しこう》がぶっとんでいるな、この女。だが、俺は既に彼女を心から愛してしまっていた。なので、惚れた彼女のお願いは無下《むげ》にできないので承諾《しょうだく》する。そして互いの首に手を掛け再度愛し合う。

「ぐっ……これ……は、なかなか……っ、らいな」

徐々《じょじょ》に呼吸困難になり苦しくなる。俺は惚れた彼女の首を絞めることに抵抗があって、力はそんなに入れていない。だが、彼女は遠慮《えんりょ》なく俺の首を絞める。

「ねぇ、知って……いますか？」

「っ、な、なに……を……だ？」

「ストックホルム症候群と似た症候群があるのですよ……？」

——背筋が凍《こお》った。彼女は気付いていたんだ。俺が彼女をストックホルム症候群にしようとしたことが。酸欠で思考が鈍りながらもどうして気付いたのだと考える。それに似た症候群とは、何なのだと俺は考えた。

「知りたいですか？　似たような症候群——それは『リマ症候群』ですよ」

リマ症候群？　それは一体——？

「教えてあげたいのですが、そろそろお別れのようですね」

「……ッ…………ッ！」

息ができない。酸素が足りない。それでも俺は彼女を愛してしまっているために両手に力を込めることができない。互いに愛し合っている行為をしながらなので、俺は彼女の身体から離れたくなかった。

「一つだけ教えますね」

「……ッ？」

頭がぼーっとしてきた。彼女は何を教えてくれるんだ？

「貴方の下手な演技……面白かったですよ」

「嘘《うそ》……だろ……」

——俺は最後にそう呟き意識を失った。


「逝《い》きましたか? じゃあ、最後に知りたかったことを教えてあげますね。リマ症候群とは犯人が人質に好意を持つこと……ですよ」

人質に好意、又《また》は愛情を持ってしまった犯人は手に掛けることができなくなる。勉強不足ですね。ストックホルム症候群をもっと深く調べていたら、リマ症候群にも辿り着けた筈なのに。本当に残念な男。

男の身体をスポンジで万遍《まんべん》なく洗い指紋《しもん》を失くす。そして私は風呂場に水を溜《た》めて、その中に既に息をしていない男の顔を入れた。岸沼勝《きしぬままさる》……ね。浴室から出て身体を拭き、男の予備の服を借りて着替える。自分の携帯を取り出し、ある人に電話した。

「もしもし、姉さん? 姉さんが捨てた男が、また私のもとに来たから始末しといたから。え? そいつの名前? 岸沼勝って人だけど。……覚えてないの? 呆《あき》れた。あれほど私に愚痴《ぐち》っていた男じゃない」

——馬鹿な男。私の愛しの姉さんに釣《つ》り合うわけがないのに。

「ところで姉さん？　後処理をしたのだから迎《むか》えに来てくれるわよね？　それに火照った身体を姉さんに鎮《しず》めてほしいの……ね？　うん、わかった。住所はメールで送っておくから。それにＧＰＳもあるし大丈夫でしょ。ん、待ってる」

もし生まれ変わったらもう少し勉強したほうがいいよ？　浴室で寝ている哀《あわ》れな男さん。

［5分後に戦慄のラスト］

Hand picked 5 minute short,
Literary gems to move and inspire you

怖《こわ》い話

またたびまる

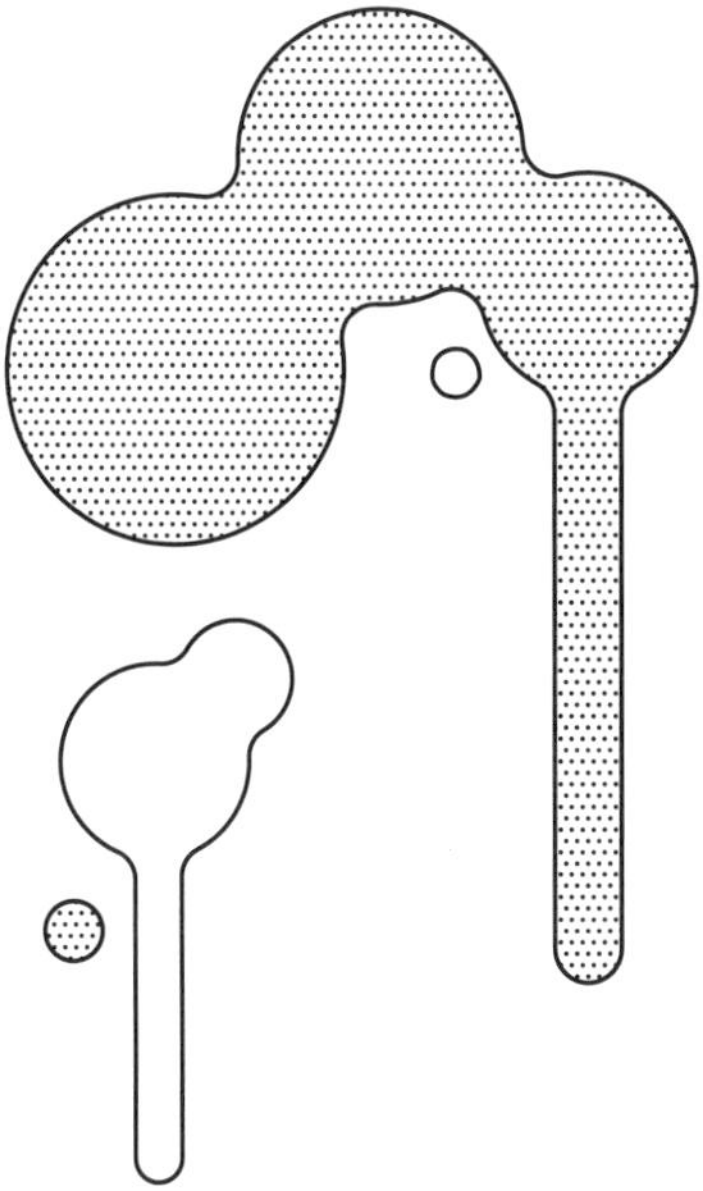

「ねーねー、何か怖い話してよ」

溶《と》けかけたアイスを頰張《ほお》りながら、私は床《ゆか》の上で洗濯物《せんたくもの》を畳《たた》む恵津子《えつこ》に声をかける。扇風機《せんぷうき》は懸命《けんめい》に回り続けるけれど、すっかりぬるくなったこの部屋の空気をぐるぐると吐《は》き出すばかりだ。

「怖い話って、例えば?」

「何でもいいよ。背筋が寒くなるような話ならさ。なんなら、今から心霊《しんれい》写真でも撮《と》りにでかけてくれれば?」

あ、やば。アイスが茶色のソファにしたたって、小さなシミをつくる。ま、いっか。恵津子の部屋だし、知ーらないっと。私は小さなシミを人差し指で塗《ぬ》り広げて知らん顔をする。

時刻は深夜の一時を回っている。コンビニでのアルバイトが終わった後、私は何の用もない恵津子の部屋のチャイムを鳴らした。さすがに寝入《ねい》っていたようだったが、かまいはしない。私はいつもの通り上がりこみ、まずは冷凍庫《れいとうこ》の扉《とびら》を開けた。なんだなんだ、今日はバニラアイスしかない。これだから恵津子にはセンスがない。

「ね、ていうかさ、お腹空いたんだけど。私がアイス食べてるうちにご飯作ってよ」

それには答えず、恵津子は顔を伏《ふ》せたまま言葉を紡《つむ》ぐ。

「私が怖い話したら、由美《ゆみ》ちゃん、家に帰れなくなっちゃうかもよ」

それでもいい？　恵津子はこちらを見ない。

「何それ、恵津子のくせに。いいよ。私、心霊の話には強いんだから」

何よ、聞いてやろうじゃん。私はゴミ箱めがけてアイスの棒を投げる。アイスの棒はカツンと音を立てて床に落ちた。

「私ね、由美ちゃんのこと、嫌《きら》いなんだ」

「……は？」

恵津子は歌うように続ける。

「ずっとずっとね、嫌いだった。こうやって深夜に押《お》しかけてくるのも、私のこと見下して馬鹿《ばか》にしてるのも、他の人に変な噂《うわさ》流すのも」

全部、全部嫌い。恵津子はふふっと笑う。

「だからね、罠《わな》をしかけたの。……知りたい？」

「……何よ」

いつもと違《ちが》う恵津子の雰囲気《ふんいき》に圧倒《あっとう》されて、私はそう振《ふ》り絞《しぼ》るのが精一杯《せいいっぱい》だった。

「由美ちゃんの家にね、仕掛《しか》けたの。カマキリの卵をたーくさん。衣装ケースの中にも、引き出しの中にも、靴箱《くつばこ》の中にも。ベッドの下にもあったかなぁ。他にもあるけど、あとは、お楽しみ」

「は……？」

カマキリのタマゴ。恵津子の言うソレが頭の中でうまく変換《へんかん》できずに、私はぽかんと口を開ける。

「春になるのが、楽しみだねえ。ウジャウジャウジャウジャウジャ、きっとたくさんでてくるよ。由美ちゃん、私のことゴキブリみたいって、言ってたじゃない。私はね、由美ちゃんのこと、カマキリそっくりだと思うよ」

ふふっ。恵津子は笑う。楽しげに、柔《やわ》らかに。

私の背中をつうっと汗《あせ》が伝う。首筋を小さなカマキリが這《は》う感触《かんしょく》を想像し、鳥肌《はだ》が立つ。

「じょ、冗談《じょうだん》……だよね……?」

恵津子は微笑《ほほえ》み続ける。扇風機は回り続ける。私はこれから家に帰らなければならない。背中から、ゾワゾワとした鳥肌が、私を覆《おお》って、飲み込《こ》んでいった。

［ 5分後に戦慄のラスト ］

Hand picked 5 minute short,
Literary gems to move and inspire you

隣《となり》の赤ちゃん

こにし桂奈

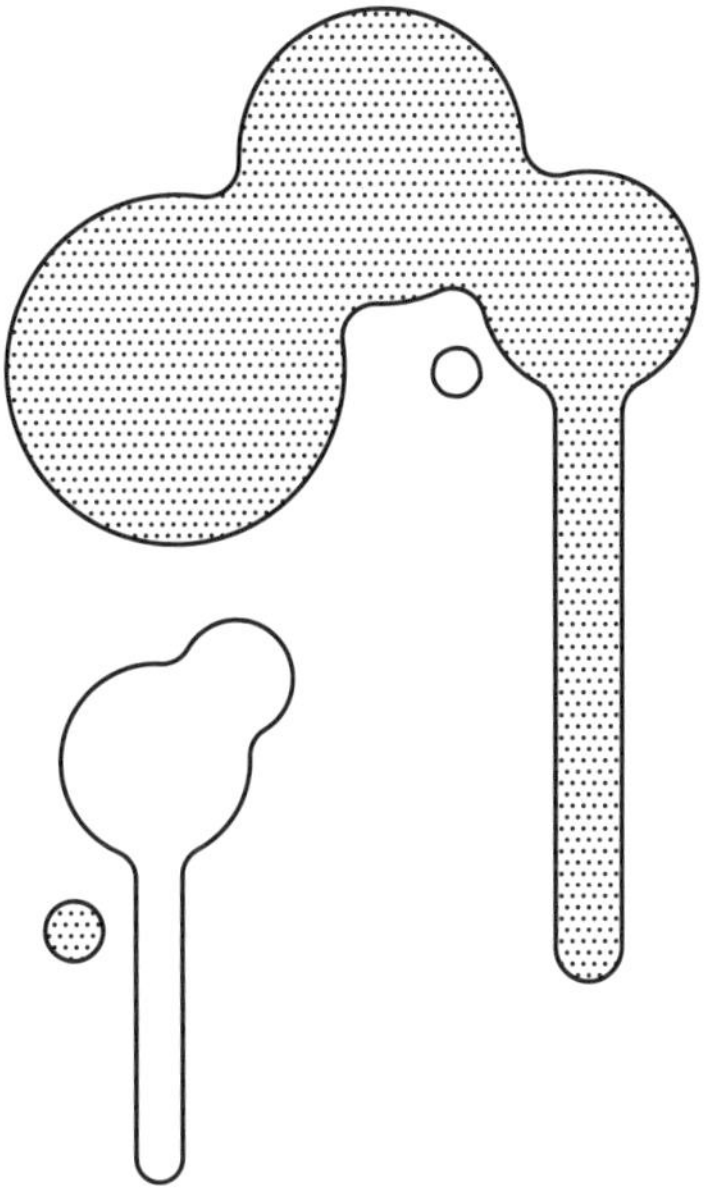

名取成美《なとりなるみ》はウキウキしながら、段ボールの片付けをしていた。

（とうとう、この日が来たんだわ）

新居探しを始めて一年。夫がようやく希望通りのマンションを購入《こうにゅう》してくれた。それも最上階の角部屋で、マンション内でも一番値段の高い部屋だ。

会社経営をしている夫の隆《たかし》が仕事を頑張《がんば》ってくれたから、この素敵な部屋を手に入れることができた。

部屋の家具もカーテンもインテリアも君の好きにしていいと言われ、専門家のアドバイスを貰《もら》いながら全部自分の思う通りにできた。

隆にはいろんなことで感謝しても感謝しきれない。

成美は愛される幸せをかみしめながら引っ越《こ》しの片付けをすませていると、隆が仕事から帰宅した。

室内を見回しながら、「次は俺《おれ》たちの子どもを迎《むか》えたいね。それでこのマンションでのびのびと育てよう」と言った。

「このマンションなら、きっと楽しく子育てできるわ。あなた、ありがとう」

成美はすでに三十代半ば。簡単に妊娠《にんしん》できるとは思っていない。

夫の期待にこたえるように成美は不妊治療《ちりよう》に励み、妊娠によい食事を作り、体力づくりでヨガに通って妊活に全力を注いだ。

名取夫婦が引っ越してきてから間もなく、空いていた隣の部屋にも入居者がきた。

「隣に引っ越してきた中井沙良《なかいさら》です。これからよろしくお願いします」

挨拶《あいさつ》に来た隣人は若い女性だった。

成美より十歳は若いように見える。

「お一人で住むんですか?」

「はい。一人です」

ニッコリ笑って、とても愛想がよい。

「お仕事はされているの?」

「ただの事務員です」

沙良はただの事務員にしておくにはもったいないくらいの美女である。

沙良が帰ると、成美は隆に言った。

「あんな若い女性が一人で購入できるマンションじゃないと思わない？」

「親の援助《えんじょ》じゃないか？」

「それもあるかもしれないけど、とても綺麗《きれい》な人だし、もしかして、愛人とか？」

「そういうのをゲスの勘《かん》ぐりと言うんだよ」

「そうですね。ごめんなさい」

成美は謝ったが、それでも気になる。

隣の部屋に出入りする人がいないかと、外出するときやベランダに出た時などにさりげなく隣を観察した。


ある日ベランダにいると、隣の部屋から男の人の声が微《かす》かに聞こえてきた。

『ボソボソ……』『ボソボソ……』

聞き耳を立てても、会話の内容までは聞きとれない。

（やっぱり愛人？）と考えた成美は、煙草《たばこ》を買いに出掛《でか》けて帰ってきた隆に報告した。

「お隣さんに男の人が来ていたわよ」

「盗《ぬす》み聞きしたのか？　俺に恥《はじ》をかかすようなみっともないことをするな」

「ごめんなさい」

隆に怒《おこ》られたので、成美は素直に謝った。

（さすが、人の上に立つ夫は人間的にも素晴らしい人だわ。私ったら他人の詮索《せんさく》ばかりして恥ずかしい。夫にふさわしい妻にならなきゃ）

反省した成美は隣のことを忘れて、さらに家事に励んだ。


成美はやがて念願の妊娠、出産となった。

生まれた子どもは男の子だ。

「ああ、よかった。これで夫婦の絆《きずな》は安泰《あんたい》だわ」

資産家の夫に満足している成美は、絶対に離婚《りこん》したくない。

夫の子どもは成美の一生を保障する大切な存在だ。

子どもはお腹がすくと大きな声で泣く。

「オギャア！　オギャア！」

「おー、よしよし。お腹がすきましたか？」

成美が息子にオッパイをあげていると、隣から赤ちゃんの泣き声が聴《き》こえてきた。

『オギャア！　オギャア！』

「え？　赤ちゃん？　独り身なのに？」

成美は隣人が妊娠していたことも知らなかった。

「いつの間に妊娠していたんだろう？　それに父親は誰《だれ》？　一人で育てるの？」

成美の子どもと同じ年齢《ねんれい》同士。仲良くできればと思って息子を抱《だ》いて隣を訪ねた。

それとともに、父親は誰なのか、収入をどうしているのか知りたい気持ちもあった。

「こんにちは。隣の名取です」

ドアが開いて、赤ちゃんを抱いた沙良が顔を出した。

一人で育てるのは大変だ、きっとやつれているに違《ちが》いないと想像していた成美は、沙良の全く変わらない輝《かがや》く美しさに驚《おどろ》いた。

やはり若さは強い。

成美は明るく言った。

「うちも生まれたんですよ。同級生になりますね。良かったらうちでお茶でもいかがですか?」

そういいながら沙良の腕《うで》の中に抱かれている赤ん坊《ぼう》を見ると、「エ?」と目を疑った。

「人……形?」

「人形じゃありません。息子です」

沙良はニコッと笑った。

「あ、忙《いそが》しかったら、いいわ」

驚いた成美は慌《あわ》てて自分の部屋に逃《に》げ帰った。

「あー、驚いた。赤ちゃん人形で子育てごっことは。あの泣き声は録音なのね」

人形では自分の息子の同級生にはならない。

隆に相談すると、「もしかして隣の女は頭がおかしいのかもしれない。下手に関わって、俺たち家族に危害が加えられないとも限らない。ここから引っ越すことはできないから、絶対に刺激《しげき》しないように。今後近づかないほうがいい」と、怖《こわ》いことを言われた。

「そうですね。気を付けます」

すっかり隣が怖くなった成美は、廊下《ろうか》やエレベーターで沙良の姿を見かけると顔を合わせないよう避《さ》けた。

生活の詮索もやめて、育児に専念した。


数か月が過ぎた。

息子は長ずるにつれ、隆によく似てきた。

隆は外耳が上に尖《とが》っており、その特徴《とくちょう》を息子はしっかりと受け継《つ》いだ。

夫の両親も孫の成長をなによりも楽しみにしており、「まあー、この子は隆と同じ耳をしているわ。間違いなく隆の子ね」と、喜んだ。

孫が息子の子かどうか疑っていた意味を含《ふく》んだ発言に、成美は、(隆さんの子じゃないわけないじゃない)と心の中で怒っていても、ニコニコと笑ってよい嫁《よめ》を演じた。

ある日また隣から、『オギャア！ オギャア！』と泣き声が聞こえた。それが朝に晩に一日中終わらない。

「もう！ うるさいわね！」

本物の赤ん坊なら我慢《がまん》するが、あれは録音の再生。

ボリュームを嫌がらせのように最大にしていると思うと、成美はイライラした。

病気ばかりする息子の世話や、仕事が忙しくてなかなか帰ってこない隆に成美は疲《つか》れていた。

本当は関わらないほうがいいのだが、ある日、あまりに隣がうるさかったのでとうとう一言注意をしてやろうと成美は隣を訪ねた。

「中井さん、隣の名取です」

つい口調もきつくなる。

ドアが開いて、沙良が泣いている赤ん坊を抱いて出てきた。

その腕に抱かれた赤ん坊を見た成美は二度目の驚きとなった。

今度は本物の人間の赤ん坊だった。男の子だ。

「え？　本物？」

赤ん坊の外耳は上に尖っていて、顔が自分の息子とソックリだったことにも驚いた。

「うちの子に、というか、夫にソックリ！　……こんなに似る偶然《ぐうぜん》ってある？」

ついついジッと赤ちゃんを見つめた。

（…………………）

今まであったことが成美の頭の中でグルグル回った。

赤ん坊人形を見せて、自分の息子だと言った沙良。

その頃《ころ》は時期的に妊娠初期のはず。

隣の部屋から聞こえてきた男の声。

今にして思えば、夫の声に似ていた。

成美は隆の顔を思い浮《う》かべた。


隣が越してきてから、煙草を買いに行くと一人で出て行く日が増えた。

子どもが生まれてから仕事が忙しくなって、深夜帰りや明け方帰りが多くなった。

中井沙良を話題に出すと、きまって異常に怒って中断させた。

そもそもこんな高級なマンションを買ったのに、隣の部屋に沙良の両親が訪ねてきたこともない。

(もしかして、買ったのは夫!? 会うのに楽だから隣の部屋に住まわせた？ そして頭のおかしい女を演じさせ、さらに怖いことをわざと吹《ふ》き込《こ》んで不安に陥《おとしい》れ、詮索する私を遠ざけた？)

成美は思わず沙良に詰《つ》め寄り、大声で問い詰めた。

「この子の父親は誰!?」

［ 5分後に戦慄のラスト ］

Hand picked 5 minute short,
Literary gems to move and inspire you

透《とう》明《めい》人間当選

さるですが。

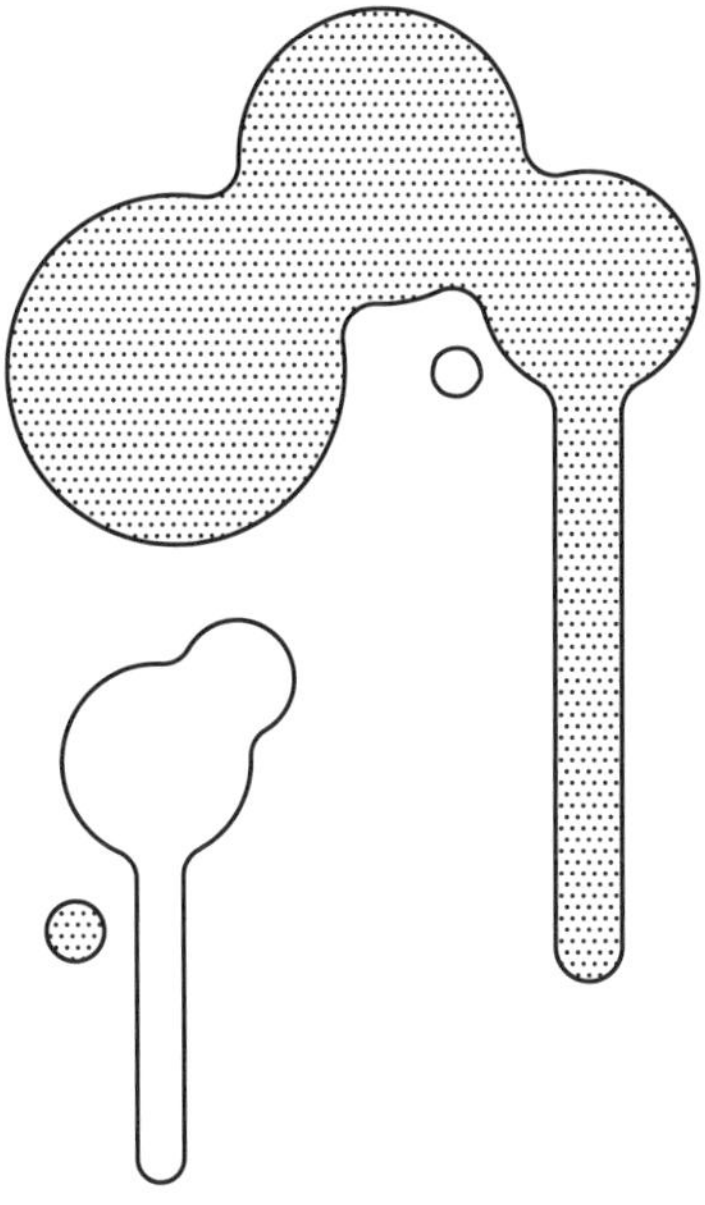

俺《おれ》は何の特技も持たず、何も考えず毎日惰性《だせい》で過ごしている只《ただ》のサラリーマンである。

早朝、目覚まし時計が鳴り響《ひび》いた。

今日は会社が休みのため、開店前のパチンコ屋に並ぶべくアラームをセットしておいたのだ。

目も開けず、定位置にある目覚まし時計に手を伸《の》ばしアラームを止める。今日もお決まりの休日が始まると思っていた。

しかし……

目を擦《こす》りながら上半身を起こし、ふとベッドの横にある鏡を見ると、そこにあるはずの自分の姿がなかった。

「えっ?・」

驚《おどろ》いて二度見したけどあまり意味がなかった。だって映ってないんだから。

しかも鏡の中だけじゃなく、この空間に俺の姿は存在していなかった。
突然《とつぜん》の出来事に恐怖《きょうふ》を覚え、心臓の鼓動《こどう》が速さを増してくるのを感じた。
これ夢……だよな。
俺は確かめるため、頬《ほほ》を思いっきりつねった。これでもかってくらいつねった。
頬に痛みは……
あった。っていうかめちゃくちゃ痛い。
そして痛みを感じたその瞬間《しゅんかん》——突如《とつじょ》、この空間に俺の体が姿を現した。
「えっ？」
自分に何が起きてるのか、全く理解が追い付かない。
再度、体を確認してみる。
手もある、足もある。
鏡にも姿は映っている。
頬は赤くなり少し腫《は》れていた。
夢じゃない……のか？

呆然《ぼうぜん》とし、鏡の中を眺《なが》めていると鏡の中の自分と目があった。
するとその時――頭の中に声が響いた。
『おめでとうございます！
［透明人間］に当選いたしました。有効期限は三日間です。
三日経過後のお手続きについては追ってご案内いたします。
それでは存分にお楽しみください』
ななな、なんだこれ!?
「おいっ！　これ何なんだよぉ――！」
……。
……。
……。
虚《むな》しく部屋の中に声が響いた。
そしてそれ以降、頭の中に声が聞こえることはなかった。
いったい……。

俺は自分に起きたこと、頭に響いた声が言っていたことを目を閉じてもう一度振《ふ》り返った。

透明人間に当選……。

俺は透明になる能力を得たのか？

でもどうやって？

んー分からん……。説明も少なすぎるし……。

「はぁ」

考えてもこれ以上何もわからないため、諦《あきら》めて目を開いた。

すると……また俺の体が消えていた。

その後色々試した結果、十秒以上目を閉じると透明になり、体に痛みを与《あた》えると元に戻《もど》る仕組みであることが判明した。

俺は自在に透明になれる。

俺は大いに喜んだ。

だってそうだろ？　男のロマンが実現し放題だからさ！

しかも今日から三連休！

この能力を使わない手はない!!

俺は手当たり次第女性のスカートの中身を覗《のぞ》きまくった。
近くで髪《かみ》の匂《にお》いも嗅《か》ぎまくった。
女風呂《ぶろ》へも侵入《しんにゅう》した。
ばれない程度に若干のお触《さわ》りも……したかったがその勇気はなかった。
しかしこりゃヤバイ!!
いままでこんな刺激《しげき》味わったことない!!
たまらん!!
童貞《どうてい》の俺にはとてつもないほど刺激的だった。
興奮しすぎて三連休全てをこれらの行為《こうい》に費やしてしまった。
最終日、夕方になり疲《つか》れて帰宅した。でも満足感と充実感《じゅうじつかん》で満たされていた。

「ああ、今日で終わりか……」

こんなこと人生でもうないんだろうな。

夢の時間ももうすぐ終わる。

てか今更《いまさら》だけど、この能力を使えばもっと金儲《かねもう》けとか、人生一発逆転する手段に使えたんじゃないのか!?

はあ、俺ってバカだ……。

本当今更だし、まあ楽しかったから良しとしよう。

トホホ……。


そして、深夜〇時を迎《むか》えた。

また頭の中に声が響いてきた。

『三日間が経過いたしました。お疲れ様でした。

透明人間お楽しみいただけたでしょうか。

それでは告知していた通り、これから三日経過後のお手続きをご案内致《いた》します。

早速ですが、これからあなたには透明人間三日間の延長を賭《か》けてチャレンジをしていただきます。

三分以内に自分の左目をくり抜《ぬ》くことができれば延長となります。

さあ人生を変えるチャレンジのスタートです！』

「えっ？　延長って、左目をって……えっ？」

問いかけても一切返事はない。

刻一刻と時間は過ぎていく。

どうする……、どうする……、どうする……。

人生を変えるチャレンジ……。

時間が迫《せま》る中自問自答を繰《く》り返す。

そして俺は決断した。


俺は左目を……。

『おめでとうございます！
［透明人間］が延長となりました。有効期限は三日間です。
三日経過後のお手続きについては追って案内いたします。
それでは存分にお楽しみください』

本書は、小説投稿サイト「エブリスタ」が主催する短編小説賞「三行から参加できる　超・妄想コンテスト」入賞作品から、さらに選りすぐりのものを集め、大幅な編集を施したものです。

5分《ふん》後《ご》に戦《せん》慄《りつ》のラスト

2017年4月20日　初版印刷
2017年4月30日　初版発行

［編　者］　エブリスタ
［発行者］　小野寺優
［発行所］　株式会社河出書房新社
〒一五一-〇〇五一　東京都渋谷区千駄ヶ谷二-三二-二
☎　〇三-三四〇四-一二〇一（営業）　〇三-三四〇四-八六一一（編集）
http://www.kawade.co.jp/

［デザイン］　BALCOLONY.
［組　版］　一企画
［印刷・製本］　中央精版印刷株式会社

ISBN978-4-309-61213-3　Printed in Japan

エブリスタ
国内最大級の小説投稿サイト。

小説を書きたい人と読みたい人が出会うプラットフォームとして、これまで200万点以上の作品を配信する。

大手出版社との協業による文芸賞の開催など、ジャンルを問わず多くの新人作家の発掘・プロデュースをおこなっている。

http://estar.jp

「5分シリーズ　刊行にあたって」

今の時代、私たちはみんな忙しい。
動画UPして、SNSに投稿して、
友達みんなに返信して、ニュースの更新チェックして。

そんな細切れの時間の中でも、
たまにはガツンと魂を揺さぶられたいんだ。

5分でも大丈夫。
短い時間でも、人生変わっちゃうぐらい心を動かす、
そんなチカラが小説にはある。

「5分シリーズ」は、
5分で心を動かす超短編小説を
テーマごとに集めたシリーズです。
あなたのココロに、5分間のきらめきを。

エブリスタ × 河出書房新社

5分後に涙のラスト

感動するのに、時間はいらない——
過去アプリで運命に逆らう「不変のディザイア」ほか、最高の感動体験8作収録。

ISBN978-4-309-61211-9

5分後に驚愕《きょうがく》のどんでん返し

こんな結末、絶対予想できない——
帰省した娘のある告白を描く「カミングアウト」ほか、衝撃の体験12作収録。

ISBN978-4-309-61212-6

5分後に戦慄《せんりつ》のラスト

読み終わったら、人間が怖くなった——
隙間を覗かずにはいられない男を描く「隙間」ほか、怒涛の恐怖体験11作収録。

ISBN978-4-309-61213-3